De más allá del cielo

Victoria Roch

De más allá del cielo
Victoria Roch

Copyright © 2022 por Victoria Roch
Todos los Derechos Reservados.
Edición: Victoria Roch
Maquetado: Victoria Roch

ISBN: 9798840456491
Sello: Independently published

Twitter: @Golondrinasverd

Hoy todo en torno
envuelve una ruina,
donde tú, flor gentil, brotas, y casi
compadecida con los daños ajenos,
envias
a los cielos dulcísimo perfume
que al desierto consuela.

De: La Retama
Giacomo Leopardi

1

Antonella anda relajada hacia la estación, apenas son las ocho de la mañana. Al cruzar una de las calles, ve al fondo que el tren ya ha llegado. Mira su reloj y se extraña, no es aún la hora. No acelera el paso, piensa que ese irá con retraso, que será el anterior al que ella quiere coger. Nada infrecuente, por otra parte, la puntualidad en esa línea brilla por su ausencia. Al llegar a la plaza que precede a la estación, el tren sigue allí parado y piensa que estará estropeado; sigue caminando a su ritmo. Apenas entra, un hombre, equipado con el chaleco que suelen llevar los auxiliares que dan información, se acerca, parece alterado.

—Buenos días, ¿va usted hacia Roma?

—Hola, buenos días, sí, voy en esa dirección.

La informa hablando nervioso.

—Siento comunicarle que hay un enorme retraso, ha habido un atropello.

No llega a decir nada, sorprendida por la manera de hablar, cuando es la propia empleada que atiende en ventanilla, que ha salido, la que se dirige presurosa a ella tras preguntar al hombre.

—¿Se lo has dicho?

—Sí, ¡claro que se lo he dicho!

—Bueno pues, perdone, soy yo quien tengo la obligación de informarla para que usted decida si quiere o no esperar. La mayoría se ha ido a casa para coger el coche o salir más tarde. Los que están en el tren venían de otras estaciones. El retraso por lo sucedido es enorme, hay que esperar al juez y lo que sea necesario para despejar la vía. El anterior tren ha estado aquí parado más de cuarenta minutos y sé que no ha llegado aún a Roma. Este apenas lleva diez minutos, ¿qué piensa hacer?

—No voy a Roma ni tengo excesiva prisa, puedo esperar y si me canso, volveré a casa. ¿Dónde ha sucedido? Mi recorrido es solo hasta la segunda estación desde aquí, pero si el accidente ha ocurrido en ese tramo, entonces sí que me vuelvo a casa, prefiero no ver nada de eso.

—No, por ese lado puede estar tranquila; no sé el punto exacto, pero ha sido más lejos, ya muy cerca de Roma. Entonces, ¿va a subir, le expido billete?

—No se preocupe, lo saco siempre de la máquina, ¿funciona?

—Sí, por supuesto. En nombre de la compañía le pido disculpas por la espera, no podemos evitar que usted pierda su tiempo.

—Más lo ha perdido el atropellado y nadie le pedirá disculpas. Gracias, a los dos, han sido muy amables.

Ya en el tren, se queda un momento pensando en que los empleados parecían afectados sin ver nada. Y se pregunta:

"Cómo podrá superarlo el maquinista, debe de ser horrible. Ojalá no le haya tocado a alguno de los jóvenes que cubren las vacaciones, un hecho así, sin tener aún experiencia, puede arruinar la vida".

Saca las gafas y el libro que siempre lleva para leer, aún no ha empezado cuando le suena el móvil. Siempre lo apaga cuando sale de casa, hoy lo ha olvidado.

No le gusta hablar por la calle, que suene en medio de una conversación o dondequiera que esté. Mira, es su madre. Responde en un susurro.

—Hola, mamá, ¿te ocurre algo?

—No, hija, estoy bien, todos lo estamos, pero como sé que no estás trabajando, he pensado en charlar un poco, llevas casi dos meses sin venir.

—Mamá, ya te llamaré yo, ahora no puedo hablar, lo siento.

Ha colgado sin más y, por un momento, se queda mirando el móvil y piensa si llamar a Giacinto, su marido. Trabaja en la ampliación de las vías, no sabe realmente la zona, pero sí que es ya pasada la ciudad y el accidente ha sido antes de Roma, no tiene sentido que le llame. Nunca lo ha llamado estando en el trabajo, ni él tampoco a ella, prefiere no molestarlo y apaga el móvil.

Quiere mucho a su madre, pero la soporta poco, en realidad, nunca se ha entendido gran cosa con ella y menos desde que murió su padre, con el que sí tenía muy buena relación y podía hablar horas con él de todo. Al poco de morir su padre, su madre contrató a un forastero como capataz para que se ocupase de llevar la finca sin consultar con ella.

Cuando ella vio la manera que tenía ese hombre de trabajar, de forzar la tierra con un cultivo intensivo. Intentó hacerle entender a su madre que de esa forma agotaría la tierra y hasta podría faltar el pasto a los animales. Su madre no quiso escucharla, confiaba en ese hombre al que daba la mitad de las ganancias y no se privó en responder.

—Eres igual que tu padre, nunca tuvo interés por sacar un buen rendimiento. Un conformista, eso fue siempre, y así nos ha ido. Si yo no hubiera tenido los ingresos del laboratorio, tú no habrías podido estudiar, ni para eso daba la finca. Él se conformaba con mantener los puestos de trabajo y poco más, sin pensar que cualquier contingencia podía poner en riesgo hasta eso. Ahora está produciendo lo que toca y seguirá haciéndolo, porque este hombre tiene coraje y ambición, lo que tu padre nunca tuvo. Para él la finca era como un jardín maravilloso y disfrutaba paseando y contemplando. Y lo es, claro que lo es y como tal la aprecio, pero también es un negocio que hay que atender, por nuestro bien y por el bien de los que aquí trabajan, y él poco interés puso.

«Este hombre te cae mal porque no es de aquí, vamos que no es tu querido Camillo que te enseñó a montar antes de que supieras andar. Hija, él es el más interesado en que vaya bien, su ganancia depende de eso, he hecho un buen trato con él y no te permito que censures mi decisión, porque no sabes de qué hablas. ¿Qué sabes tú de la tierra y el ganado? Nada, en realidad, salvo pasear como tu padre, nada más.

«El día de mañana me lo agradecerás, ahora estás ofuscada o dolida porque no te he consultado; realmente no estoy obligada, pero lo hubiera hecho si supieras algo de este negocio; además, no tienes edad aún para que te consulte nada. Pero ten siempre presente que lo hago por ti, Antonella, y por el personal, por supuesto. Yo nada necesito, lo que pueda ganar será tuyo cuando yo muera.

Nunca más volvió a tocar el tema con su madre, ni siquiera cuando el capataz se fue, después de dejar malparada la tierra y llevarse todo el dinero de la última venta. Desde entonces, es Camillo quien se ocupa de todo, aunque no es tanto como antes, porque gran parte del terrero que se dedicaba al cereal, está sin cultivar, con la tierra agotada. Siguen teniendo perfecto el huerto, que como solo era para el consumo de los que habitan la *masseria*, nunca le prestó atención y eso lo salvó. También producen lo normal los almendros y los olivos, que son centenarios. Incluso el gran viñedo. Pero es menos el cereal y el forraje que producen, cuando antes era una enorme extensión la que dedicaban a ello. Ahora casi lo más importante junto al olivar, son las vacas, cabras y ovejas con cuya leche producen varios tipos de queso. Con eso han ido salvando la situación y han podido mantener la plantilla.

Su madre le contó lo sucedido, no le ocultó nada, mas no admitió expresamente error alguno. Ella pudo decir algo, pero nada dijo. Consideró que bastante tenía su madre con el disgusto que le había supuesto confiar en un ambicioso sin escrúpulos. Aunque lo que más influyó para que callase, fue que nombró de inmediato a Camillo capataz, que era quien ella quería que se ocupase, y así se lo dijo a su madre el día que discutieron.

Camillo lleva toda la vida en la finca, sus abuelos ya vivían allí. No recibe más que su salario y el derecho a vivir que lo tiene heredado, pero ella estaba segura de que se entregaría en cuerpo y alma y así lo hace. Desde que él se encarga de todo, sí está en buenas manos la finca, aunque produzca poco para lo grande que es.

Durante unos minutos ha estado con el libro y los lentes entre las manos y los ojos cerrados recordando. Unos sonoros besuqueos la llevan a mirar. Es una pareja, él tiene un ordenador abierto sobre las piernas, pero eso no le impide prodigarse con la muchacha que ahora intenta estirar la falda que apenas le cubre la parte alta del muslo. Es de tela vaquera y parece muy corta. Antonella sonríe en su interior viendo los esfuerzos que hace la chica, que seguro ha percibido la mirada de la mujer que está sentada enfrente. Aunque la mitad del vagón está vacío, justo ocupan esos asientos que van puestos de lado. Su gesto es más que adusto y mira sin disimulo a la pareja.

Se ha puesto las gafas y trata de leer un poco, sin conseguirlo. No recuerda haberse comportado así nunca. Alguna vez ha besado a su marido en la calle al encontrarse, antes de casarse, nunca después de casados. Pero jamás se han hecho esos arrumacos en lugar público. Tampoco en privado, salvo algo previo a tener sexo. No es algo que la moleste especialmente, lo considera más que otra cosa, una falta de educación, de respeto hacia los demás. También piensa que es de mala educación cuando hablan a voz en grito por teléfono o, sobre todo, las jovencitas cuando van en grupo alzando la voz, como si quisieran llamar la atención de la gente deliberadamente.

El tren se ha puesto en marcha, despacio, muy despacio, pero algo avanza. Ha guardado el libro, está claro que no tiene el ánimo para leer en orden. La pareja para un poco y al momento renueva sus caricias. Él ha guardado el ordenador para dedicarse de pleno al entretenimiento. La mujer ceñuda ha cruzado la mirada con ella, como si quisiera que apoyase su gesto de censura. Ella desvía la mirada y la fija en el paisaje, en los campos y alguna fábrica. A pesar de lo lento que iba el tren, ha llegado a la primera estación. Llama su atención una pareja, que espera para ir en dirección contraria, no son jóvenes, ni sabe si serán o no pareja. Ella es menuda, de baja estatura y en extremo delgada; viste normal, aunque se aprecia la calidad, con un pantalón pirata de pitillo, calza zapatillas y un suéter a rayas horizontales, todo en estilo marinero. Lleva un bolso enorme para lo que ella es. El pelo sujeto en una cola, de color castaño muy claro. Es de tez oscura, mulata quizá, aparenta unos cincuenta. Él más o menos de la misma edad, pero de piel negra nada oscura. Pelo muy canoso sujeto en un moño en lo alto, cayéndole algo por detrás. Viste una camiseta blanca con un dibujo del Rey León con adornos dorados. Es muy alto y con muy buen tipo; el pantalón también de pitillo, es blanco y decorado; calza zapatillas deportivas. Todo parece de marca, nuevo y llamativo. Lleva un pequeño bolso en bandolera y está fumando. Le parece atractivo, extrañamente atractivo. Piensa que le gustaría hablar con ese hombre, que sería interesante su conversación.

Hay mucha gente en la estación, pero solo esa pareja ha llamado su atención. Por fin se pone el tren de nuevo en marcha a intervalos, con paradas y a muy poca velocidad llega a la siguiente estación. Es en la que baja. Al momento está en el autobús y apenas unos minutos después entra en la editorial de su amiga Paola.

Paola es propietaria de una pequeña editorial y dirige una revista, ella colabora ocasionalmente. A veces escribe sobre cualquier hecho que ha sucedido, otras de ecología, muchas veces de agricultura regenerativa, tema que la apasiona. Aunque lo que más toca es la educación, se formó en educación especial. De eso trata su artículo, de los niños con síndrome de Down y su integración en la escuela y en la sociedad.

Paola la recibe alterada, llega algo tarde, pero piensa que es más porque hace varios meses que no se han visto y no lo lleva bien. Los últimos artículos se los mandó por correo electrónico y no lo soporta.

—¡Qué cara tienes! Pensaba que ya no venías, el teléfono como siempre apagado. Hasta estaba buscando otro artículo para poner.

Se abrazan y Antonella suspira, acariciándole la cara antes de darle dos besos y riendo le dice

—No sé por qué te alteras tanto, sabes que soy de cumplir, ¿estás con la regla? No he tenido la culpa de llegar tarde, el tren iba como una tortuga, han atropellado a alguien y da gracias que estoy aquí. ¿Has preparado las fotos?

—Sí, todo será verdad y no tengo la regla. ¡Tú! Me has alterado porque podías haberme llamado, claro que eso es demasiado para ti. Las fotos las tengo, pero tienes que decidir tú. Ah, y ya te lo digo, para que te vayas haciendo el ánimo, quiero que comamos juntas, y no te atrevas a ponerme excusas, ¿podrás concederme ese enorme privilegio o tampoco eso?

—Te dije que te dedicaría el día y eso pienso hacer. Te saldrán arrugas antes de tiempo si sigues gruñendo así. Venga, lo primero es el trabajo.

Durante el resto de la mañana, las dos, junto con uno de los empleados, componen el artículo y al final Paola sonríe y da muestra de estar más que satisfecha abrazándola y dándole varios besos.

—Te adoro. Es perfecto, como tú, y me encanta. Vamos a comer, intento hacer dieta y solo he tomado media tostada y un café, así que ahora estoy que me comería las piedras. ¿Tú cómo lo haces? Estás siempre en el mismo peso, usas la misma talla hace años, no me lo explico.

—Sabes que no soy de darme atracones como tú, pero como de todo, no hago nada especial. Mi madre es delgada, mi padre no lo era, supongo que he salido a ella en eso; algo bueno, por lo menos.

—¿Vas a darme la tabarra quejándote de tu madre? ¿Qué ha hecho esta vez?

—No, para nada, hace tiempo que dejé de quejarme, incluso en mi interior. Además, lo que son las cosas, parece que últimamente nos llevamos mejor que nunca; lo cual no significa que seamos muy amigas, digamos que nos soportamos más. Me ha llamado esta mañana, porque como no trabajo y hace tiempo que no voy, quería charlar un rato, lo hace de vez en cuando; le he dicho que ya la llamaré. ¿Y la tuya cómo está?

—Hecha un pendón, como siempre, y con un novio nuevo; se fue de viaje con las amigas y volvió con el novio. Me cae bien, es un tío agradable y no está con ella por el dinero, él tiene más que ella. Si lo piensas es de risa, ella ligando con cerca de sesenta y yo sin comerme una rosca.

—¿Y qué ha pasado con Domenico?

Paola resopla, ya están en el restaurante y las dos callan al coger la carta. Antonella ha elegido el menú, para que no se pase comiendo, y ella el vino; sonríe al camarero, señalando el que ha elegido. Al momento está sirviendo y espera a que se retire para responder.

—Nada, eso era lo malo, que con Domenico no pasaba nada de nada. Así que no he querido seguir perdiendo el tiempo con un tío que sí me invitaba a cenar incluso a bailar y tal, pero ni un roce ni beso alguno. Sé que es muy buena persona y mi madre le hubiera dado el visto bueno, incluso la tuya, porque es de una familia bien y todo eso, pero ¿tú lo hubieras aguantado?

—Parecía muy agradable, no lo veía tímido, pero si lo era, quizá tenías que dar tú un primer paso.

—Antonella, te juro que me he esforzado como nunca porque me caía bien, y salvo meterle mano directamente, he dado todos los pasos, tanto verbales como vistiéndome sugerente; sin resultado alguno. He salido un par de veces con uno, se llama Enrico, este por lo menos ya me ha besado. Aunque no sé si llegaremos a más, hace un mes que no sé nada de él. Trabaja de comercial de no sé qué, ya te contaré si da señales de vida. ¿Cómo vas tú?

Antonella contempla el vino alzando la copa como si analizara el color, sonríe con tristeza, bebe un poco para darse fuerza. Teme lo que Paola pueda decir cuando sepa, porque hoy está decidida a contarle a su amiga lo que nunca le ha dicho, la verdad de cómo es su vida.

—No sé cómo decirte, porque dudo que puedas entenderme, yo misma estoy hecha un lío. Giacinto es cada vez más suyo y menos mío. A veces pienso que nunca ha sido mío, no lo siento cercano o apenas. He dejado mi trabajo en el colegio de Roma para que él aceptase el que ahora tiene. Le ofrecieron un puesto en una constructora que trabaja de fijo en el mantenimiento y ampliación de vías, era la oportunidad que estaba esperando. No quería aceptar porque para mí supondría mucho trasiego, ya que tiene que desplazarse conforme vayan haciendo la vía nueva hasta llegar al sur y tendremos que vivir en otra parte. Desde que acabó los estudios no ha podido trabajar como ingeniero titular, siempre de ayudante o lo que fuese, y no es persona de soportar estar bajo las órdenes de nadie o eso pienso.

Su amiga se ha puesto muy seria y come despacio. En silencio terminan de comer, mirándose casi a hurtadillas. Paola le hace un gesto para salir fuera, al tiempo que pide les sirvan el café y una copa. Quiere fumar y dentro no se puede, lleva el gesto muy fruncido.

—Así que has dejado el trabajo.

—Sí, sé que te parecerá mal, pero en fin, tampoco era algo definitivo, tenía un contrato que me renovaban cada curso. En realidad, lo que he hecho al terminar este, es decir que no cuenten conmigo para el próximo. Ya encontraré algo. Giacinto cobra ahora mucho, más que antes los dos juntos. Además, cuento con seguir escribiendo para tu revista.

—Sí, no te morirás de hambre, con lo que cobras por los artículos, por lo menos para pipas te da. O sea, que has claudicado y pasas a ser una mantenida. Estabas contenta en ese centro aunque no fuese algo definitivo, podías trabajar atendiendo tus propias pautas, ¿le quieres tanto como para salvar su carrera y echar la tuya por la borda? ¿Te dedicarás a tener hijos? Ya sería hora y es una buena ocupación, pero ¿y si luego encuentra a otra, qué harás? Con hijos, sin trabajo, veo mala perspectiva.

«Antonella, un día decidimos las dos ser independientes económicamente, tanto de nuestra familia como de posibles parejas. ¿Ya no piensas así? ¿Qué te pasa? ¿Vas a contármelo o prefieres que me calle? Igual piensas que, siendo un problema de pareja, no es asunto mío. Pero, mira, en eso te equivocas si has llegado a pensarlo. Sabes lo mucho que te quiero y siempre te he admirado por tu sensatez, la manera de pensar y tu fuerza para superar los problemas. En estos momentos te sigo queriendo, pero no admiro nada de lo que has dicho, que hayas dejado tu trabajo para que él pueda aceptar el suyo me parece una absoluta insensatez. Puedo seguir hablando el resto de la tarde si tú no quieres contarme más, incluso te puedo recitar la Divina Comedia.

Antonella ríe quedo, se inclina y la besa en la mejilla.

—Me lo temía, creo que sabía que me ibas a decir todo lo que has dicho. He venido por el artículo, como quedamos, pero también decida a contarte todo. Giacinto y yo hace mucho que no estamos bien. No es que discutamos ni haya mal rollo, más bien todo lo contrario. Los dos nos esforzamos por mantener una cierta armonía. Pero, precisamente ese esfuerzo que los dos hacemos es la mayor muestra de que las cosas no van bien. Hasta estoy por decir que no han ido nunca bien.

Ahora es Paola la que se acerca a ella y la besa viendo la tristeza con la que ha hablado. Ella sonríe más triste aún y sigue hablando.

—Nunca hemos sido muy apasionados, no sé si por su culpa o por la mía, pero ahora, ya hace mucho, muchísimo, que es una rutina y no me dice gran cosa. Sí, en el momento te centras en ello y el cuerpo responde más o menos, pero solo es el cuerpo y no me basta. Es como si viviese a medias esa parte de mi vida o toda en lo que a él se refiere.

—¿Te has planteado el divorcio o piensas tener un hijo? Hay parejas que salen del bache con un hijo, aunque a mí me parece una barbaridad; pero quién soy yo para opinar si no he tenido nunca pareja.

—Claro que puedes opinar y tienes razón en decir que es una barbaridad. No, Paola, nunca tendría un hijo para salvar mi matrimonio. Un hijo merece que lo quieras y lo desees por él mismo. Además, nunca hemos hablado de hijos y no sé si debo o no salvar el matrimonio. El divorcio pasó hace mucho tiempo por mi cabeza como una estrella fugaz y no expresé ningún deseo en ese momento. Porque lo que me preocupaba no era ni es realmente la convivencia, ya te he dicho que no es mala en sentido estricto; me preocupa él, su estabilidad. Tiene un algo oscuro que oculta en silencio.

«Lo veo triste a toda hora, ensimismado en sus pensamientos, que desconozco porque nunca habla de lo que tiene en su interior. Habla del trabajo, del libro que está leyendo, se interesa por lo que hago; en fin, de cualquier cosa. Conversamos más o menos como siempre. Pero no sé lo que piensa cuando se queda con la mirada perdida en el vacío. Y lo peor es que me da miedo preguntar, en mi fondo, no quiero realmente saber qué es lo que lo perturba. Me da miedo.

«Mirar de frente al sol deslumbra. Escuchar el rugir del mar mientras navegas puede llevar a imaginar un violento naufragio. Ver iluminarse el oscuro cielo con el resplandor de un relámpago hace estremecer esperando el estruendo del trueno, antes de escucharlo. Puedes pensar en mil cosas que perturban y que nadie es capaz de controlar. Mas nada tan inquietante me parece como descubrir lo poco que sabemos del mundo interior de los demás, incluso de nosotros mismos. Me agobia mucho eso, muchísimo. Dame un cigarrillo, por favor.

Paola no dice nada, sabe que lleva años sin fumar y ella misma lo enciende y tras una calada se lo da.

—La muerte de mi padre me trastornó mucho, bien lo sabes, y gracias a ti no fue más. Lograr la paz en mi interior fue una lucha conmigo misma. La tengo, hace años que la tengo y no quiero perderla. Menos por él, porque no veo que tenga intención de cambiar.

«No es que ya no lo quiera, no se trata de eso. Es más, he pensado mucho y he llegado a la conclusión de que le quiero igual que siempre, y me parece bien poco. Lo sé porque quiero más a otra gente, incluso a mi madre, a pesar de todo. Y, por supuesto, te quiero más a ti, con diferencia.

«Por otro lado, yo no estoy pendiente de él cuando no está conmigo. No sé cómo explicarlo. No sé si él prescinde de mí, yo lo hago, eso me libera, me relaja y, al mismo tiempo, me hace sentir culpable cuando lo pienso. Mientras he estado trabajando, no me he acordado de él para nada. Escribiendo los artículos menos aún. Si salgo a comprar, no pienso en él. Lo excluyo de mi cabeza a toda hora, salvo cuando estamos juntos y lo veo. Entonces pienso que no está bien y me preocupo mucho en ese momento, luego trato de olvidarme y lo logro; no siempre, desde luego, pero sí la mayoría de veces. Nunca he pensado que era egoísta, ahora sé que lo soy porque lo excluyo de mi interior y no debiera hacerlo. Lo siento, te estoy dando la tarde.

Paola contempla a su más querida amiga, le duele ver ensombrecido su rostro de delicadas facciones. Antonella tiene una serena belleza. Con todo lo que ha dicho, ni un mal gesto ha hecho, ni siquiera ha alzado la voz.

—La verdad es que sí, porque me siento estúpida o por lo menos banal. Yo lamentando no tener un roce cuando tú tienes un problema real y nada pequeño. ¿Cuánto tiempo llevas así?

—No sabría decirte, con más o menos intensidad, años, quizá desde que nos casamos. Al principio, no di mayor importancia. La convivencia no es fácil, teníamos que aprender a vivir juntos y conocernos bien. Nosotras mismas, recuerda que en los primeros tiempos de vivir juntas salíamos a pelea diaria, y eso que nos conocíamos de toda la vida.

—Sí, pero siempre hacíamos las paces antes de acabar el día. Nunca hemos llegado a enfadarnos hasta el punto de no hablarnos, como me pasa con mi hermana a dos por tres. Claro que con ella no he convivido realmente. Además, nosotras nos lo contábamos todo.

«Antonella lo que has dicho no sería normal en cualquiera, menos aún siendo tú. Llevas seis años casada, más uno largo de noviazgo, aunque no fuese realmente un noviazgo porque no salíais en plan formal. ¿Por qué te casaste si no lo querías lo suficiente?

Levanta los hombros.

—No lo sé, Paola, creí saberlo entonces, pero ahora no lo sé. Tú te habías ido a Boston, yo estaba sola en el piso, lo quería, y él viviendo en una mala pensión; pensé que podíamos vivir juntos, pero no sin estar casados. Me propuso casarnos y nos casamos. No pensaba entonces que no fuera suficiente. El tiempo que pasábamos juntos estábamos bien, no discrepábamos en nada importante. Ya entonces, los dos procurábamos por estar en armonía. Más o menos así han trascurrido los años.

«Lo único es ese lado oscuro suyo, ese aislamiento, que antes yo lo percibía como inexperiencia por parte de los dos para llenar todos los huecos y poco a poco fue haciéndose mayor. Admito que tengo mi parte de culpa, soy consciente de ello, porque me fui apartando cuando lo veía así, dejándolo solo, para que meditara en lo que fuese. Lo achaqué muchas veces al hecho de que yo, aun no teniendo un puesto fijo, trabajaba en lo que era mi profesión ya antes de doctorarme, mientras que él no lograba hacer gran cosa. Nunca ha llegado a estar parado, pero era evidente que lo que hacía no le satisfacía. Así que dejar que rechazara por mi culpa la oportunidad de trabajar en lo que desea desde hace tanto, no podía permitirlo.

«En fin, querida amiga, llevo tiempo necesitando hablarte de ello, por lo menos para poder expresarme aun sea en voz baja; pero llegaba, y lo único que quería era pasar un buen rato contigo. Sacrificar nuestro bienestar por decirte todo esto, no me apetecía nada y por eso lo he retrasado. Ahora, al dejar el trabajo y no sé cuándo, pero llegará el momento en que me trasladaré, ya era obligado contarte. ¿Qué piensas?

—Has hablado de egoísmo, nada más lejos de la realidad. Más bien, creo que lo tuyo es altruismo puro y duro. Sin embargo, pienso que estás equivocada. Esa manera en la que vives, tratando de tener una armonía forzada, no es buena para ti y tampoco para él. Sabes que me cae bien y lo aprecio, pero a ti te quiero y no me gusta que vivas así, eso no es vida y menos para ti.

«Has dicho que nunca habéis sido apasionados. Cómo puedes decir eso;

sí, te creo que no lo hayas sido con él, pero tú lo eres en todo lo que haces. Lo eres conmigo, lo has sido siempre en tu pensar, trabajando, hablando y escribiendo. Si no eres capaz de serlo con él, simplemente es porque no lo quieres como realmente debe quererse a alguien con quien compartes tu vida.

«Me has preguntado qué pienso, pues te lo digo, pienso que debes divorciarte y cuanto antes lo hagas mejor. Y no creas que es porque no quiera que te vayas a vivir a otra parte más lejos, que no quiero, por supuesto. Pero ya vivimos lejos cuando yo me fui a Boston con mi tío y eso no mermó nuestra amistad. Tampoco ahora ocurriría. ¿Se lo has contado a tu madre?

—¿Bromeas?

—No, Antonella, no bromeo. Tu madre es de muchas normas y será lo que será. Tiene sus cosas como todos tenemos, incluida tú, pero te quiere bien; es más centrada que la mía y más inteligente que nosotras dos juntas. Estoy segura, segurísima, de que te diría lo mismo que yo. Divórciate, si es mañana, mejor que pasado. A mí me tienes para llorar si lo necesitas, pero no está de más que también la tengas a ella.

—Si llego a eso, que en este momento aún no lo sé, no pienso llorar. No quiero ni debo hacerlo. Si cometí un error al casarme y la solución es el divorcio, no hay motivo para llorar. Solo para aprender de lo ocurrido. ¿Damos un paseo? Deja, ya pago yo, de momento soy una mantenida y puedo permitirme ciertos lujos mejor que tú. Ah, vamos a dar una vuelta por las tiendas, quiero comprarme unas botas para montar y alguna cosa más. Voy a ir a la finca y no sé si le contaré a mi madre o no, pero pasaré unos días con ella y las botas que tengo están horrorosas de puro viejas. Ella quería regalármelas y le dijo que no, en uno de esos días que me da por decirle que no a todo. Salir a caballo juntas es una de las pocas cosas que siempre me ha gustado hacer con ella. Por qué no vienes conmigo, hace un siglo que no hemos hecho una escapada juntas.

El resto de la tarde la pasan haciendo algunas compras y hablando de mil cosas diferentes. Ambas se han relajado y Paola ha aceptado ir con ella, han quedado para la próxima semana.

Antonella llega a casa tarde, pensando que Giacinto habrá llegado, ha comprado la cena ya preparada. Son ya las once y no ha llegado, piensa que igual ha tenido alguna reunión por el accidente, pero ya la hora que es le parece excesiva, llama y no responde, insiste, y al final le deja un mensaje: "Dime algo, cuando puedas".

En los años que lleva casada, nunca ha pasado la noche sola en casa. Como a Giacinto no le gusta ir a la finca, va ella sola y él se queda en casa. Pero ella nunca ha pasado la noche en vela mirando el reloj o contemplando el móvil a cada momento. Llega a pensar que lo hablado con Paola ha provocado a su marido a dejarla. Al tiempo, le parece tan absurdo que ella misma se recrimina. Lleva ya levantada un par de horas cuando decide llamar a Paola.

—¿Qué te pasa? No son las siete aún.

—Lo siento, he pasado la noche en vela, Giacinto no ha venido a dormir y no responde al teléfono.

—Supongo, que si estás preocupada es porque no es normal.

—Para nada, nunca lo ha hecho. Como ayer hubo un accidente, pensé que igual había tenido alguna reunión, aunque es poco probable, no fue en su zona. Bueno, disculpa, sigue durmiendo. Voy a desayunar porque anoche ni siquiera cené esperándolo, y saldré a caminar un rato, cuando sea hora llamaré a su empresa.

—Espera, prepara café, ahora voy, llevaré la bollería.

—No, Paola, ¡qué tontería! No tiene sentido que vengas.

—Tiene el sentido de que me has despertado y ya no podré dormir. Haz el café, no tardo nada, a esta hora hay poco tráfico.

Paola es realmente atractiva, una rubia muy guapa, con un cuerpo sugerente, con unos cuantos kilos de más que no es fácil que pierda porque le gusta mucho comer, y así llega a la puerta de Antonella, comiendo un *cornetto,* que muestra lo que queda a su amiga, quien a pesar de todo la recibe riendo.

—No he podido resistirme, es el segundo.

—Eres el colmo, así no adelgazarás en la vida, aunque ni falta que te hace, yo te veo preciosa.

—Ya te vale decirme algo bonito, después de despertarme en la madrugada y salir de casa sin maquillar y con un chándal viejo. ¿Has el hecho el café?

—Por supuesto, he batido la leche y la he puesto en el microondas veinte segundos a la potencia máxima, podrás tomarte un capuchino perfecto.

Ya desayunando, Antonella ríe viendo a su amiga relamerse.

—Como en los viejos tiempos, no has cambiado nada, Paola.

—Peso cinco kilos más. Tú sí que estás perfecta, no has dormido, pero ni ojeras tienes, y una piel de cine sin maquillar. Venía pensando que ya es casualidad, todo lo que hablamos ayer y justo él no aparece en toda la noche.

—Sí, también lo he pensado yo, pero las casualidades no existen, es estúpido relacionar lo que hablamos con su ausencia.

—¿A qué hora vas a llamar a la empresa?

—Pues creo que ya puedo, no son las ocho aún, pero habrá alguien, puesto que empiezan a trabajar a esa hora. Él siempre se va antes de las siete.

Ha cogido el móvil y marca, tiene el número delante anotado, lo ha buscado en Internet. Suena repetidas veces, al fin responden, da su nombre y el de su marido y pregunta si saben algo de él. Le dicen que espere, al momento, una voz distinta le dice que ayer no acudió al trabajo. Pone el altavoz.

—¿Cómo dice?

—Digo, señora, que Giacinto no vino a trabajar, ni llamó diciendo nada.

—¿Está seguro de eso?

—Sí, señora, tan seguro como que soy el encargado del personal bajo sus órdenes y ayer me tuve que apañar solo. No dije nada en la empresa, por si había tenido cualquier problema.

Giacinto es de mucho orden, nada propio de él actuar así. Pero claro, hoy he tenido que decirlo, al ver que no había llegado cuando siempre es el primero, y más al llamar usted. Ahora ya saben los jefes que ayer no se presentó al trabajo. ¿No sabe usted lo que pueda haberle pasado?

—Si lo supiera no le habría llamado, ¿no le parece?

—Perdone, señora, tiene razón. Bien, pues es todo lo que puedo decirle; si aparece, dígale, por favor, que me llame o que llame a la empresa. Si quiere le doy mi número.

—Sí, por favor.

Paola no hace comentario, se limita a decir.

—Vamos a caminar un poco, coge el móvil por si llamase ese hombre.

Han pasado tres días y nada se sabe de Giacinto, ella ha estado llamando a su teléfono varias veces al día sin obtener respuesta. Ayer fueron a dar parte a la policía. Paola se ha quedado con ella todas las noches y las horas que ha podido durante el día. Hoy es sábado y las dos están caminando calladas. De pronto suena el teléfono, es un número desconocido. Pone el altavoz para poder escuchar las dos.

—¿Diga?

—Es usted la señora Antonella Di Martino.

—Sí, soy yo.

—Llamo de la comisaría, respecto a su denuncia por la desaparición de su marido, Giacinto Longo. Han encontrado su vehículo, al parecer sonaba el móvil y un señor que paseaba al perro lo ha oído, nos ha llamado, y al comprobar la matrícula hemos visto que pertenece a su marido. Un Fiat Bravo de color azul.

Antonella ha palidecido.

—¿Dónde lo han encontrado?

Ha sido Paola la que ha preguntado.

—¿Quién es usted? No parece la misma voz.

—Soy amiga de Antonella, estoy con ella, me llamo Paola Moretti.

—¿La señora está escuchando?

—Sí, escuchamos las dos.

—Bien, ¿están en casa?

—Estábamos paseando un poco, pero volvemos de inmediato a casa si usted lo manda.

—Sí, vuelvan y las recogeremos para confirmar que es el vehículo. Nos vendría bien que cogiera la copia de la llave, si la tiene. En unos minutos estaremos ahí.

—Tranquilízate Antonella, eso no significa nada, solo que ha dejado el coche en alguna parte.

—Sí, claro, solo es eso, solo eso de momento.

Ha llegado la policía al tiempo que ellas. Antonella sube al piso a por la llave. Ya en marcha, el agente de más edad, que ha dicho llamarse Fusco, viendo lo pálida que está.

—Tranquila, señora, no es el primero ni será el último que echa a correr sin mirar atrás. Según me han dicho los compañeros que han ido y están allí esperándonos, no hay señales de violencia o robo ni de nada, está cerrado normal. En apariencia, ha dejado el coche allí y se ha ido. Es una zona de poco tránsito, digamos que no quería que estuviera a la vista.

Cuando llegan, los agentes que están esperando, dos hombres y una mujer, ya han puesto una cinta en un amplio perímetro alrededor del vehículo. Uno de ellos ha cogido la llave y es quien abre con guantes puestos, tras decirles que no toquen el vehículo, ha permitido que entrasen en el perímetro. Ha cogido el móvil y ve el mensaje y las múltiples llamadas. Ella le confirma que son de ella.

—Pues nos ha ahorrado usted mucho trabajo, gracias a esto y a un buen ciudadano, ya tenemos algo. ¿Esa mochila es de su marido?

Está sobre el asiento del copiloto, ella se inclina para mirar y la reconoce.

—Sí, suele llevar algún documento del trabajo y también el bocadillo y un termo con agua.

—Pues sí, aquí hay una carpeta, el termo y el bocadillo. Veamos en este bolsillo, esto parece la cartera. La documentación, una tarjeta, algo de dinero y una foto de usted. ¿Era normal que la llevase en la mochila?

Paola está temiendo que se desmaye, tan pálida la ve, pasa el brazo por sus hombros para darle fuerza.

—No, la cartera la lleva siempre en el bolsillo derecho trasero del pantalón, ahora en verano, en invierno en el interno de la cazadora.

El agente le muestra en silencio el reloj con la alianza puesta en la correa, ella asiente.

—¿Suele llevar algún otro objeto personal?

Apenas le sale la voz cuando responde sintiendo que algo le está oprimiendo el estómago y subiendo.

—Sí, una pequeña cruz de oro y un bolígrafo de oro con sus iniciales grabadas.

El agente rebusca en la mochila y lo encuentra, el bolígrafo con la cruz atada a él con la cadena. Ya no le ha preguntado, ha vuelto a meterlo todo dentro de la mochila. Y el otro agente lo guarda en una bolsa.

—Todo esto se le dará cuando lo autorice el juez, de momento tenemos que registrarlo y dejarlo en depósito como prueba. Vamos a ver si hay algo más en el coche, ¿qué cree que pueda haber?

Quiere contestar y no puede, se suelta de Paola con gesto de que espere, anda vacilante cubriéndose la boca alejándose y sale del perímetro, vomita en los matorrales de espaldas al resto. Un silencio respetuoso mantienen todos. Al ver que ya vuelve, la agente le da una botella de agua y previo un paquete de pañuelos.

—Gracias, muchas gracias, ¿puedo hacer una pregunta?

—Sí, por supuesto, pregunte lo que desee.

—El otro día, el mismo día que desapareció mi marido, hubo un accidente, el tren atropelló a alguien antes de llegar a Roma. ¿Era un hombre? ¿Está identificado?

Los agentes se miran entre sí, nadie parece saber nada. Pero uno de ellos se aleja con el móvil en la mano. Antonella parece haber recuperado su fuerza, de hecho, hasta tiene mejor color después de haber vomitado y responde a lo que antes le ha preguntado.

—En el maletero suele llevar algún aparato de medir de precisión, lo que usa en su trabajo. También una tableta, un paraguas, el chubasquero, botas y un mono, todo de la empresa, y un pequeño botiquín. En la guantera, la documentación del coche, pañuelos, recambios para el bolígrafo, un paquete de mascarillas y pastillas para la tos, el polvo le da tos.

Todo lo han ido sacando y metiéndolo en bolsas. Se acerca el policía que ha estado comprobando por teléfono.

—No está aún identificado, pero por algún resto, calculan que es un varón entre 30 y 40 años.

Antonella lo precisa.

—Tiene 37, 37 y cuatro meses. Es mi marido, sin duda, nunca se hubiera quitado la cruz de no pensar en hacer eso. Quiero verlo, yo lo identificaré.

Paola la mira horrorizada y admirada al tiempo porque a cada momento parece que adquiere más fuerza su voz y su gesto.

—Señora, hay maneras para identificar, los restos de un atropello del tren no se parecen en casi nada a la persona que fue.

—Bien, quiero ver ese casi nada. Es mi derecho.

—De acuerdo, ahora mismo la llevamos.

—Antonella, por favor, ¿estás segura de querer verlo?

—Sí, Paola, no me dejaron ver a mi padre, mandaba mi madre y no lo permitió, ahora mando yo.

Han ido al depósito y han tenido que esperar más de una hora a que lo autorizaran. En ese tiempo, transcurrido en silencio, Paola ha fumado un cigarrillo tras otro andando arriba y abajo, mientras que ella ha estado sentada, con la cabeza apoyada en la pared y los ojos cerrados. Los dos policías que las han llevado, un poco apartados, tampoco han hablado. Por fin aparece una persona diciendo que ya pueden pasar. Paola se apresura a ponerse a su lado.

—Perdonen, quién es la esposa.

—Yo.

—Pues solo usted está autorizada.

Paola protesta.

—Oiga, no voy a dejar que entre sola.

—Espera aquí, Paola, por favor.

Los policías, que se habían acercado, le hacen un gesto, negando con la cabeza.

—No insista, no pueden dejar pasar a nadie, ni ella debería verlo. Ha tenido que autorizarlo el juez que se ocupa del caso. Según nos han dicho, está destrozado, hecho pedazos, y en esas condiciones siempre se evita que lo vea la familia.

Antonella sigue al funcionario en silencio. Le hace poner una bata y mascarilla. Al entrar, la persona que espera se dirige a ella.

—Buenos días, señora, soy el forense. El juez ha autorizado a que vea solo las partes que están menos dañadas, es decir, las manos, una pierna y poco más de un tercio de la cabeza. Eso es lo que verá, ¿podrá soportarlo? Realmente, teniendo ya información sobre su posible identidad y puesto que las manos están, podemos por la huella identificarlo sin lugar a dudas. No es necesario que se someta usted a lo que supone.

—Mi padre no estaba tan mal, murió al caer de un torreón; sin embargo, no me dejaron verlo, mi madre no lo permitió. El duelo fue mucho peor que si lo hubiese visto, necesito verlo para superarlo.

—Sígame.

Sobre una amplia mesa de acero inoxidable están los restos, cubiertos por separado. Con todo cuidado ha ido descubriendo cada uno, mirándola y esperando que ella asintiera para cubrir y descubrir el siguiente. Al llegar a la cabeza se detiene, es el último. La mira y ve su extrema palidez.

—Respire hondo, por favor, y aguante la respiración mientras lo ve, eso la puede ayudar.

Ha destapado solo un poco, sin dejarle ver el lado destrozado. Ve el lado izquierdo, una parte del cráneo, la oreja y el ojo abierto, desorbitado. Antonella siente cómo le flaquean las piernas, está aún reteniendo el aire cuando el forense lo cubre y se apresura a sacarla fuera de la sala cogiéndola del brazo al tiempo que le quita la mascarilla.

—Respire, respire despacio, por favor.

El funcionario que espera fuera se acerca.

—Trae un vaso de agua. Haga por inspirar despacio, míreme, fije su mirada en mí, inspire y suelte el aire despacio, eso es. Beba a sorbos, bien, lo hace muy bien, no deje de mirarme. Temía que se desmayase, yo lo hice con el primero que vi y no lo conocía de nada. Es usted muy fuerte, pero tendrá que controlar esa fuerza para no recrear la mente en lo que ha visto. Ahora inspire hondo y suelte el aire poco a poco. Repita varias veces.

«Bien, creo que ya está en condiciones de andar sola y salir de aquí. Siga mi consejo, procure distraer la mente cuando lo vea, porque lo verá, es imposible no verlo al principio, pero si se esfuerza en pensar en otra cosa, será menor el tiempo. La naturaleza es sabia y colabora a que podamos sentirnos bien. Deje que le quite la bata, si confirma su identidad, puede marcharse.

—Es sin duda él, por sus manos y la oreja, aunque es pequeño, tiene un lunar; en realidad no es tal, fue por una quemadura provocada por un líquido que le salpicó y le quedó eso. Gracias por todo, es muy duro su trabajo, pero no ha perdido humanidad y se lo agradezco.

Antonella alarga la mano y estrecha la del hombre que tan amable se ha comportado con ella.

—Gracias a usted, por sus palabras; aquí rara vez te dice nadie algo agradable, usted lo ha hecho sin temblarle la voz. La felicito por su entereza, lo superará, puede hacerlo, es muy fuerte. Acompáñala fuera. Ah, perdone, ahora mi compañero le dará un documento para firmar y con eso, queda hecha la identificación, aunque la confirmaremos con la huella.

Ya en la puerta, da las gracias también al funcionario. Paola corre hasta ella y la abraza con fuerza, ella le pone en orden el pelo, lleva su rubia y rizada melena toda alborotada. Los policías expectantes y admirados de verla tan entera.

—Suban, las llevaremos a casa.

Apenas entran, dice que va a darse una ducha.

—Yo preparé algo para comer y haré café.

Cuando vuelve, lleva la ropa hecha un ovillo, saca una bolsa de las que usa para la basura y la mete dentro, luego la deja en la galería. Se ha sentado a la mesa y lo primero que hace es coger un cigarrillo.

—Come algo antes, Antonella, por favor.

—He tenido mucha suerte, el forense ha estado muy atento y me ha ayudado a recuperarme, ha sido muy amable. Me temblaban las piernas y he perdido por un momento la visión, gracias a él, no ha ido a más. Voy a llamar a sus padres..., no, mejor llamo antes a su hermano y que sea él quien les dé la noticia, a fin de cuentas se comporta como si fuese el jefe de la familia. No sé qué hay que hacer, ni cuándo me darán los restos. De eso no he hablado nada ni sé con quién tendré que hablar.

—Déjalo, tú no tienes que ocuparte de nada, eso lo atiende la funeraria. Y dame el teléfono de su hermano, yo lo llamaré. Por hoy has hecho demasiado, descansa, pero ahora come, aunque sea poco, por favor.

Mastica despacio y como pensativa.

—No tengo el teléfono de Giancarlo, solo el de mi suegra porque alguna vez me ha llamado. Tendré que mirar la agenda de Giacinto.

—¿Has buscado en su despacho estos días? No sé, igual ha dejado una nota, si pensaba en suicidarse, lo normal es dejar una nota.

Responde irónica.

—¿Lo normal? ¿Qué hay de normal en un suicidio?

—Por qué has estado tan segura al ver la cruz. No, perdona, mejor no remover nada.

—No importa. Esa cruz era de un hermano suyo de cuando tomó la comunión, era algo más pequeño que él, murió ahogado en una alberca. Él fue quien lo vio flotando, lo sacó y trató de reanimarlo, pero ya estaba muerto. Él no me lo contó, lo hizo su madre para advertirme que nunca le preguntase por la cruz. Me dijo que ese día se la puso y juró no quitársela hasta el día de su muerte, para recordar que por su culpa había muerto. Ella dijo que él asumió la culpa, pero no era así, porque toda la familia estaba en casa de fiesta, celebraban el cumpleaños de Giacinto y nunca más lo celebró.

—Asumió la culpa porque era su cumpleaños, supongo que no recibió tratamiento de un psicólogo y eso se le quedó dentro, con el tiempo quizá ha provocado su final. No des vueltas, Antonella, es muy probable que arrastrase un problema desde entonces. ¿El bolígrafo también era de su hermano? Bueno, no, tenía sus iniciales.

—Todos tenían las mismas iniciales, el pequeño se llamaba Gianluca. Voy a buscar su agenda.

—Te acompaño, pero oye, cómo no tienes el teléfono de tu cuñado.

—Salvo el de mi suegra, no tengo ninguno de la familia y menos de él. Es un cavernícola, un machista redomado. Cuando él habla las mujeres asienten o las hace callar, incluso a su madre. A mí nunca me ha hablado, pocas veces nos hemos mirado a la cara. A pesar de asistir a las fiestas familiares, yo nunca me he dirigido a él y él lo mismo, supongo que pensaba que no me haría callar como a su mujer, su tía, la prima y su madre, a todas las hacía callar.

—Nunca lo has mencionado.

—Para qué, no es alguien con quien puedas ni siquiera ir de cena.

Las dos paradas en la entrada, Paola sorprendida del perfecto orden que hay.

—¿Era así de ordenado? Tú no lo eres tanto y yo menos.

—Sí, era muy ordenado y meticuloso, yo apenas me he asomado alguna vez para llamarlo o decirle algo, pero siempre lo he visto así. Él lo limpiaba, era más aseado que yo para todo.

—Quizá no deberíamos tocar nada, puede que quiera la policía buscar una posible carta o nota.

—Tampoco vamos a remover nada, sé que tiene una agenda con todos los números de teléfono, por si alguna vez perdía el móvil. De hecho, quería hacerme una a mí y no le dejé.

—Claro, así tenías una excusa perfecta para no llamar a nadie. Bueno, mira tú los cajones del escritorio, yo miraré ese archivador pequeño. Si encontramos la agenda lo dejamos estar, siento malestar viendo todo tan perfecto, no parece normal.

Apenas abre el primer cajón la ve Antonella y salen las dos de inmediato sin mirar más. Al final es ella la que llama a su cuñado y pocas palabras emplea para darle la noticia.

—Qué te ha dicho.

—Está en Roma en un congreso, que ahora viene.

—Creo recordar que dijiste que era médico, ¿no?

—Sí, traumatólogo, tiene consulta privada en Bolonia. No sé si es bueno o no, pero yo no me pondría en sus manos, no lo tengo por buena persona, y si no confías en la persona menos en el médico.

Ha sonado el timbre y es Paola la que se levanta sobresaltada.

—¡¿Será él?!

—No puede ser, anda, ve.

Es la policía judicial, no visten de uniforme, solo un chaleco y la placa colgando. Quieren ver si ha dejado alguna nota. Son dos hombres y una mujer.

—¿Ha buscado usted?

—No, solo he entrado en su despacho hace un momento, para buscar la agenda en la que tenía todos los teléfonos, aquí está. He llamado a su hermano para comunicárselo. Hemos entrado las dos, pero no hemos tocado nada porque estaba en el primer cajón que he abierto.

—Ah, perdone, no le he mostrado la orden judicial.

—No importa, pueden mirar lo que quieran.

—No solo será mirar, señora, si consideramos que debemos llevarnos algo lo haremos, con su conocimiento, por supuesto.

—Bien, lo que haga falta. Acompáñalos, Paola, por favor.

La joven agente, que es quien ha hablado, se queda con ella y le pregunta si quiere tomar algo.

—No, muchas gracias, estamos de servicio.

—Perdone, al menos siéntese, por favor; no pensaba ofrecerle una copa, pero un café no viene nunca mal.

—Gracias, quizá más tarde. Su señoría nos ha dicho que le comunicáramos que ya hemos visionado lo almacenado por las cámaras de la estación cercana al lugar en el que estaba el vehículo y en la más cercana al suceso. Se ha podido confirmar que subió al tren para trasladarse de un sitio al otro. Incluso se le ve arrojando el billete a una papelera. Después, apenas nada, se pierde la imagen en un punto ciego. Pero está muy claro, porque iba en esa dirección y tras unos minutos fue cuando sucedió el accidente, en un punto en el que el tren aún va con velocidad. Lo que evidencia que lo tenía muy estudiado y cronometrado, ¿era meticuloso?

—Sí, solo tiene que ver su despacho, si quiere verlo.

—No, en realidad, yo tengo que hacerle alguna pregunta. Voy a tomar nota, si no le importa.

—Pregunte lo que quiera.

—Verá, tratamos siempre de aclarar, en la medida de lo posible, las causas de un suicidio o cualquier muerte parecida. Para la familia es siempre motivo de gran angustia. A veces por esperarlo y otras por todo lo contrario. ¿En qué punto se situaría usted? Antes de eso, y perdone que altere el orden. Por qué era significativa la cruz.

Tal y como le ha contado a Paola lo dice ahora y la joven comenta algo parecido.

—Debió sufrir un enorme trauma y si no recibió tratamiento, seguiría en su interior.

Justo en ese momento suena el timbre. Paola abre. Es Giancarlo, el mayor de los hermanos, ya ronda los cincuenta, pero aparenta más. Hoy incluso muchos más, dada la seria expresión. Ni siquiera le da la mano a Antonella, al ver a la policía, con tono brusco y alzando la voz, se dirige a la joven agente que estaba sentada y se ha levantado al verle entrar.

—Si dicen que es un suicidio, qué demonios hace usted aquí.

—Es lo preceptivo y lo mandado por el juez que instruye el caso; además, la señora, siendo su domicilio, no tiene inconveniente. Por qué lo tiene usted, no siendo su casa.

—¡Porque ultraja la intimidad de mi hermano y no lo voy a permitir!

La joven policía responde muy profesional.

—Eso debió de pensarlo él antes de alterar con su conducta la vida de los demás. No tenemos noticia de que su friera algún problema psicológico, que lo disculparía si no era responsable de sus actos. Si usted sabe algo que desconocemos, le agradeceríamos nos lo dijese y podría cerrarse el caso.

—Mi hermano estaba perfecto, ¡perfecto! Si quiere decir que se suicidó, habrá que tragar con ello, ¡payasa inútil! Se cree alguien por llevar esa mierda de chaleco y una chapa colgando.

Su tono brusco, las palabras harto ofensivas y el gesto que tiene, llevan a Antonella a levantarse indignada, aún así no levanta la voz.

—Giancarlo, te agradecería que bajases el tono y hablases con respeto. Esta es mi casa, y la policía está cumpliendo con su deber. Quizá vosotros, su familia, no lo hicisteis en su momento. Esa cruz que llevaba al cuello y que se ha quitado antes de hacer lo que ha querido, es la muestra de que algo no iba bien dentro de él desde que murió vuestro hermano y vosotros, todos vosotros, lo habéis ocultado. Y te hago saber que haré incinerar los restos y no habrá funeral alguno por mi parte. Comunícalo a tus padres.

Furibundo es su gesto, al punto que la agente se ha movido para quedar a un lado entre él y ella.

—¡¡Cómo te atreves, cómo te atreves!!

Antonella arrastra las palabras al contestar, pero sigue sin alzar la voz.

—Esta es mi casa y tú aquí no puedes prohibir ni permitir nada. Y me atrevo a decirte lo que quiera porque soy la dolida viuda y yo no merecía sufrir su muerte de esta manera. No siento piedad por él, la siento por mí, por el dolor que me ha provocado, por el tiempo que tardaré en normalizar mi vida. Por lo mucho que he aguantado sus silencios y los vuestros. ¡Qué ladina tu madre! Contándome lo de la cruz para que no le preguntase a él. Ese día debí alzar la voz y esclarecer qué ocurrió realmente, es muy posible que hoy aún estuviera vivo.

Inesperadamente, Giancarlo levanta la mano para golpearla y la joven agente reacciona de inmediato cogiéndole el brazo y bloqueándolo contra el suelo. Los otros dos policías, que al parecer estaban escuchando, han entrado muy tranquilos, casi sonriendo.

—¿Necesitas ayuda?

—Solo para que llaméis a comisaría y que se lleven a este "señor".

Antonella niega con la cabeza.

—Por favor, deje que se marche. No vale la pena, ya ha perdido demasiado. Para él, que una mujer le venza con la palabra es muy doloroso, pero que físicamente también sea una mujer la que le haga besar el suelo, es insuperable para su ego.

Ya le había esposado, después de consultar con la mirada a sus compañeros, retira las esposas.

—Dele las gracias y márchese. Tenga en cuenta que he sido testigo de un intento de agresión, o mejor dicho, de una agresión frustrada por mí y que constará hoy en mi informe. Cualquier denuncia por parte de ella hacia usted, por algún comportamiento inadecuado, contará con mi testimonio. Muéstrale la salida.

Los dos agentes van tras él y Paola se deja caer en un sillón.

—Habías dicho machista y cavernícola, es un auténtico sátrapa. Por Dios, necesito una copa.

—Por favor, Paola, haz café para todos. Espero que ahora no lo rechace, se lo ha ganado.

—Lo acepto, y también me vendría bien un vaso de agua. A mí no me sorprende que me traten con menosprecio, pero ¿usted esperaba ese comportamiento?

—No, realmente hasta ese punto no, me refiero a lo que se ha atrevido a decirle. Habrá pensado que estaba usted sola, seguro, porque lo he visto mirar más alterado aún a sus compañeros.

—Sí, suele ocurrir. Bueno, vamos a seguir. Hábleme de su marido. Retomo ahora la pregunta que le hice en cuanto a si podía esperar que hiciese lo que ha hecho.

—Ahora podría decir que sí, pero no sería cierto. Lo que puedo decir con certeza es que me preocupaba su silencio...

Poco a poco va desgranando su relación con él, incluso la conversación que mantuvo con Paola. Los otros dos policías se han sentado a tomar el café y uno de ellos pregunta.

—Cómo era la relación que él tenía con su familia, me refiero a la familia de su marido o si quiere aclarar algo de la suya.

—Empiezo por la mía, si les parece bien. Mi padre murió mucho antes de conocer a mi marido. Yo era muy joven y me costó superarlo a pesar de tratarme un psicólogo durante algún tiempo. No tengo realmente problema con mi madre; aunque nunca nos hemos entendido del todo, no somos de discusiones. Voy a verla varias veces al año y paso unos días con ella, vive en la *masseria* familiar, en Puglia, cerca de Ostuni. Él solo vino una vez a pasar unos días por Navidad y ya no quiso volver, nunca me dijo el motivo. Así que era mi madre la que venía en esa fecha a años alternos y se alojaba en un hotel porque realmente no hay un cuarto disponible para ella aquí. Solo estaba dos días y él la trataba con respeto y afecto, incluso reía con ella más que conmigo.

«Con su familia el trato ha sido mayor, porque acudíamos a las celebraciones, por lo menos cuatro o cinco al año, más la Navidad que tocaba. Pero solo estábamos el día, salvo en Navidad que íbamos en Nochebuena y regresábamos al día siguiente. Él siempre daba la excusa del trabajo para no quedarse más tiempo. Sus padres tienen una gran propiedad solo de recreo en la provincia de Bolonia, son gente amable. Pero el ambiente se enrarecía cuando Giancarlo aparecía. Yo no lo soportaba y para mí era evidente que él menos que yo, pero le reía las gracias. Cuando en alguna ocasión he intentado hablar algo respecto a su familia, él no ha querido tocar el tema y yo no lo he forzado; a fin de cuentas, cada familia es un mundo, nunca he llegado a tener una conversación con él sobre ellos.

Es la joven agente la que se levanta.

—Es suficiente, por lo menos por mi parte y por hoy. ¿Habéis terminado?

—Sí, vamos a llevarnos el ordenador y un par de libretas con notas, no son diarios, más bien anotaciones como algo para recordar. Se lo devolveremos todo. En su estudio no hemos entrado. Paola nos ha dicho que solo lo usa usted. Pero si en algún momento encuentra algo que pueda ayudarnos, nos llama y vendremos a recogerlo. Aquí tiene el número de nuestra sección.

Es la joven agente la que se despide en nombre de los tres.

—Gracias por su colaboración y por el café.

—Gracias a ustedes.

Paola los acompaña hasta la puerta, cuando vuelve, Antonella ha servido un par de copas con vino.

—¿Paola?

—Sí, qué.

—No, nada, estoy pensando en ese guapo policía que te ha mencionado tan familiarmente.

Paola se echa a reír.

—Desde luego eres increíble, con todo lo que ocurre, y te has dado cuenta.
Bueno, pues sí, nos hemos dado el número. Mientras iban mirando, han estado en el despacho todo el rato, yo hablaba y ellos también, sobre todo él, se
llama Sandro, parece buen tipo y nada
tímido.

—Y tú menos. No había pensado
nada aún y, sin embargo, he dicho que
no haré funeral. ¿Qué opinas?

—Después de ver a ese animal, me
parece perfecto. Solo te faltaba tener
que aguantarlo en una ceremonia. Si
quieres rezar o ir a misa por él, aunque no sé para qué, puedes hacerlo
cuando quieras y hasta te acompañaré.
Lo que sí creo que debes hacer es llamar a tu madre.

—No, iremos y se lo diré personalmente, una vez esté todo solucionado.
Si la llamo se presentará aquí, aunque
le diga que no venga. ¿Crees que hago
mal?

—No, está bien así. Voy a llamar a un
amigo, un primo suyo trabaja en una
funeraria. Eso hay que hacerlo cuanto

antes, así ellos se ocuparán de los trámites.

—De acuerdo, hazlo. Voy a dar una vuelta, necesito que me dé el aire y compraré tabaco.

—¿Vas a volver a fumar?

—Ya lo estoy haciendo. Ah, oye, si quieres salir esta noche, puedo quedarme sola.

—Sí, puedes, pero yo no puedo dejarte sola. Compra algo dulce.

Cuando Antonella vuelve ya están allí los de la funeraria. Pero solo ha tenido que firmar el contrato y pagar un adelanto. Paola ya había decidido por ella. Ellos se ocuparán de todo cuando el juez lo permita, incluso de las cenizas. Esa noche las dos beben descontroladas y acaba Paola durmiendo en la cama y Antonella en el sofá.

2

Unos días después, tras dar Paola las órdenes oportunas en la editorial, se van las dos a la finca en el coche de Paola. De normal, Antonella va en tren y llama a su madre para que la recoja. Pero subir en un tren en estos momentos no le apetecía, y Paola es de evitar los aviones. Ya son bastantes los kilómetros y aún no ha dicho nada.

—¿Qué te pasa?

—No he dormido, en cuanto cerraba los ojos lo veía. Entre el día resulta fácil apartarlo, pero en la noche es complicado.

—Quisiste quedarte sola y bien, en algún momento tendrás que hacerlo, pero es pronto, y como no roncas, a mí no me molesta dormir contigo. También puedes recurrir a alguna pastilla, a algo preparado por tu madre o tomar varias copas antes de ir a la cama.

—Acabaría alcohólica perdida y no quiero depender de fármacos aunque sean naturales. No, Paola, tengo que afrontarlo, superarlo por mí misma. Mira de parar en alguna parte, no he desayunado.

—Eso no te lo puedes permitir, tienes que comer en orden. Y quería preguntarte, ¿quieres que esté presente cuando se lo digas a tu madre?

—No, tengo que hacerlo sola. La llamé y solo le dije que preparase habitación para ti, se alegró mucho. ¿Cuánto hace que no la ves?

—¿A Chiara? Creo que un siglo, la vi al volver de Boston, cuando fui contigo; si no recuerdo mal, pasamos allí cinco días y después en un par de navidades... No, espera, fui con mi madre una vez, fuimos a ver a la familia y aprovechamos para visitarla, estuvimos dos días. Tú estabas en un curso en Milán.

—Eso hace más de tres años, pero claro, en ese tiempo empezaste con tu revista. Por cierto que, gracias a ella, te leen en toda la comarca.

—Dirás que nos leen, tú también estás ahí de vez en cuando. Es curioso, a mi madre le pareció una locura que dejase la redacción y me embarcase en la aventura que suponía la revista y, más aún, la editorial, a la que no le veía futuro. En cambio, Chiara me llamó para animarme, incluso se ofreció a colaborar económicamente si me hacía falta. ¿Lo sabías?

—Sí, me lo contaste tú, ella no me dijo nada. Lo curioso es que a mí nunca me ha preguntado si me hacía falta dinero. Debería tener celos de ti.

—No te ha preguntado porque sabía que trabajabas y ganabas tu pasta. Pero oye, espera un momento, quién te compró el piso, fue tu madre, ¿no? Así que no te dio dinero, pero sí un piso.

—No, ella no me dio nada. Solo lo obligado, la asignación mientras estudiaba igual que tenías tú. Mi abuelo dejó un dinero para mí, pero no lo hizo de manera formal, simplemente dijo, eso es para Antonella. Lo único que puedo agradecerle es que pudo quedárselo, puesto que ella heredó todo lo de su padre, y yo no sabía nada, me lo dijo cuando me compró el piso.

—¿No había más herederos?

—No, su hermano murió antes que su padre, ella heredó de él, ya había heredado de su madre, luego de su padre y antes de mi padre. Lleva la vida heredando, es capaz de heredarme a mí.

Paola suelta la risa y ella sonríe.

—Sí, ríete, está sana como una manzana. Lo cual celebro, nunca la he visto enferma ni quiero imaginarlo.

—¿Giacinto tenía hecho el testamento?

—No lo sé, ni sé qué podría testar, no tenemos nada. No hicimos separación de bienes, para qué la íbamos a hacer. El coche lo compramos con dinero de los dos y no hay más. Lo que hay en la cuenta, que no es gran cosa, está también a nombre de los dos.

—Pues si no lo hizo, prepárate a que el bestia de su hermano te reclame, igual piensa que tiene parte en el piso.

—Me trae sin cuidado lo que piense.

—Tendrías que buscar un abogado si llega el caso.

—Imagino, eso no me preocupa, le pediría el favor a mi madre que está a toda hora con el suyo, es muy amigo. No sé ni lo que digo, es tan amigo de mi familia como de la tuya. Pero en alguna ocasión he pensado que había algo entre los dos.

—¿Quieres decir que con Bonaventura...?

—Sí, eso que piensas, pero no se me ocurriría preguntárselo. No es como la tuya que te cuenta sus devaneos.

—Igual si las fundiéramos saldría una madre perfecta. A mí me cae bien mi madre, pero reconozco que la tuya siempre me ha gustado más. Ah, vamos a parar ahí para que desayunes y yo haré el esfuerzo de volver a desayunar, aunque por la hora deberíamos comer.

Han llegado a la *masseria*, Chiara, la madre de Antonella, sale a recibirlas y a la primera que abraza es a Paola.

—¡Qué divina estás! Me alegro mucho de verte, cariño, te he echado tanto de menos.

—Yo también me alegro, querida Chiara, y, oye, tendrás que decirme tu secreto, porque te veo tan guapa como siempre.

—Eres una aduladora, no es cierto, pero me gusta oírlo. Tesoro, ¿no piensas darme un beso?

—Sí, mamá, aunque a mí no me recibas con tanta alegría.

La abraza y la besa. Su madre le coge la barbilla y la observa.

—¿Qué te pasa? Tienes la mirada triste y has adelgazado. Que protestes por cómo recibo a Paola es una impertinencia impropia de ti, espero que no se repita. Ah, Bianca, que suban el equipaje y que alguien guarde el coche, manda a alguien, no lo hagas tú, por favor. Vamos, aún hace mucha calor para estar fuera.

Antonella ha abrazado a Bianca que entrecierra los ojos mirándola y ella sonríe sin decir nada. Paola está al quite, le da un beso a Bianca.

—Hola, Bianca, ¿cómo estás? Deja, ya me ocupo yo de mi maleta, tengo que ir al baño.

—Estoy bien y me alegro de verte. Ha pasado mucho tiempo desde la última vez. Tu habitación es la de siempre.

Paola se ha excusado así para dejarlas solas. Madre e hija han entrado en la amplia sala que suelen usar y sin sentarse, Antonella enciende un cigarrillo.

—¿Has vuelto a fumar?

—Sí, ya lo ves.

Su madre se sienta cerca y la mira fijamente.

—Qué es lo que te ocurre, no desvíes la mirada Antonella. Sea lo que sea, puedes contar conmigo, todo tiene solución, cariño.

—No, mamá, todo no tiene solución. Siento decírtelo así, pero no sé de qué otra forma podría. Giacinto se ha suicidado, se arrojó al tren.

Chiara está conmocionada, ni pestañea con la mirada fija en su hija que va al bar que hay en una de las cavidades que tiene la pared en forma de arco, muy surtido de bebidas. Sirve un coñac y se lo da a su madre, lo toma sin decir aún nada. Cuando habla es para pedir.

—Dame un cigarrillo, por favor; ahora comprendo que estés fumando. No quiero que me des detalles, necesitas olvidar, pero sí quiero saber cómo estás. Siéntate cerca, por favor.

—Estoy bien, mamá, lo estoy gracias a que Paola ha estado a mi lado todo el tiempo, incluso antes de saber. Aun así, a momentos estoy hecha mierda; perdona la expresión, sé que no es de tu gusto.

—No te preocupes cariño. Siempre me pareció buen muchacho, tenía un punto que no llegaba a comprender, pero te quería, me lo dijo varias veces como si quisiera que estuviera tranquila. Sé que se preocupaba por ti.

—Qué has querido decir con eso del punto.

—No sé qué era en concreto, siempre fue muy atento conmigo, lo sabes, pero a veces estaba como ausente. Me parecía algo triste, yo lo achacaba a que no lograba un trabajo adecuado y algo así puede frustrar a las personas o avergonzarlas, sentirse fracasadas. Pero esta última Navidad estaba muy contento, porque ya tenía un puesto de ingeniero y, sin embargo, le vi el mismo punto. Supongo que tú también lo percibirías, eres muy observadora, has salido a mí en eso. Qué le preocupaba, ¿lo sabes?

—No quise saberlo, mamá, nunca le pregunté, tenía miedo de saber. Ahora creo saberlo, le preocupaba la muerte, su propia muerte. Oyéndote me ha venido esa idea o es él quien me lo está diciendo de más allá del cielo.

Antonella ha roto a llorar y su madre abre sus brazos, se pone de rodillas frente a ella y llora sobre su regazo arropada por su madre. Chiara no es de llorar y lo está haciendo, por ver a su hija así. Han pasado varios minutos cuando Antonella se levanta y su madre le da su pañuelo.

—Suénate, respirarás mejor; ve y date una ducha, te relajará. Di a Paola que baje, por favor. Supongo que no ha sido casual que necesitase ir al baño.

—No, le he dicho que quería decírtelo a solas. Aunque ella lo sabe todo.
Soy muy afortunada, a pesar de todo,
con Paola tengo más que a una hermana y hoy he descubierto a una madre
que... Te quiero, mamá, siento no com-
portarme a veces como debo.

—No, tesoro, por favor. Soy tu madre, quién puede mejor que yo com-
prenderte y aceptarte en lo que eres.
No tienes que disculparte conmigo, ya
lo hago yo por ti cuando es necesario.
Lo que pueda haber en ti incorrecto,
es mi culpa, fui tu educadora para bien
y para mal. Pero estoy muy satisfecha
de mi labor, mucho. Si fueses mejor,
serías perfecta y la perfección puede
ser muy aburrida. Llama a Paola, por
favor.

Ha entrado en el cuarto de Paola que
está tumbada en la cama y se incorpora con la mirada interrogante.

—Ya lo sabe. No ha querido que le
contase nada, pero seguro que te pide
que lo hagas tú. Hazlo, voy a darme
una ducha.

Chiara conoce a su hija, pero ella también la conoce. En cuanto Paola llega a la sala le sirve una copa de vino y sin preámbulos.

—Siéntate y cuéntame todo, absolutamente todo.

Aunque resumiendo, nada omite, ha terminado y se levanta a ponerse más vino mientras observa a Chiara. La ve pensativa y fumando, cuando dejó de hacerlo al dejarlo su hija, y piensa que madre e hija se parecen más de lo que ambas creen.

—No la dejé ver a su padre, aún no me lo ha perdonado. Mejor digo, sí lo ha perdonado porque no es de rencores, pero no lo ha olvidado. Ha sido una barbaridad que lo viera en esas condiciones. No la dejé verlo porque no podía permitir que lo viera y añadir más sufrimiento al que sentía. Ella lo adoraba, quise que guardase su imagen sin esa tétrica distorsión que le causó la caída.

«Yo tardé más de un año en dejar de ver a su padre de esa manera. Fueron inmensamente dolorosas las noches.

Durante el día lo llevaba bien, vas de aquí para allá, hablas con unos y otros; todo tiene otro color. Pero al llegar la noche me hundía en el dolor. Lo amaba, lo amaba tanto que me dolía profundamente querer borrarlo de mi mente.

«Por suerte, ella no sentía nada parecido por Giacinto, era un buen muchacho, pero no estaba a la altura de ella. Mi hija no sabe aún lo que es el amor y lo llevo lamentando desde hace tiempo. Hoy doy gracias, sí, doy gracias. Sufrirá menos su muerte. Paola, sé que estarás a su lado, pero si ves que me necesita a mí, llámame, por favor, hazlo aunque ella no quiera. Sube a buscarla, sabe que estoy hablando contigo y no bajará hasta que la llame. En nada servirán la cena. ¿Por qué sonríes?

—Porque sois almas gemelas.

También ella sonríe, aunque con tristeza.

—Lo sé, pero no le digas que lo sé, necesito un poco de ventaja con ella. Tiene mucho de mí, mucho, pero es tan inteligente o más que su padre, en eso llevaba él ventaja. No habría podido vivir con un hombre que no fuese más inteligente que yo. Me hace falta un poco de desafío en el día a día. Con él lo tenía y ahora con ella.

—¿Y no has encontrado a otro así?

Chiara ríe por lo bajo, ahora un tanto divertida.

—No soy como tu madre, cariño, a mí no me basta la cama para disfrutar de la vida. Ella se conforma con eso y es feliz, nada que reprobar. Para mí eso es solo como una copa de vino corriente a mitad mañana. Sí, quizás lo gozas algo en el momento porque te apetece, pero a la hora, ya no lo recuerdas o te queda un regusto inapropiado o poco grato.

«Una mujer que se precie necesita algo más, necesita un vino con solera, tener la botella cerca, observarla, desearla, incluso catarla en algún momento y reprimir el deseo o poder descontrolarse bebiéndola entera. Sabiendo que mañana esa botella, la misma, volverá a estar llena, para seguir tentándola. Ese vino no lo encuentras fácilmente. Pero, querida Paola, no te conformes con menos, y espero que mi hija haya aprendido la lección y tampoco lo haga.

—¿Y si no lo encontramos?

—Vino peleón siempre lo hay a mano, querida, pero sirve para lo que sirve y nada más. Sois dos mujeres inteligentes y preparadas para vivir la vida plenamente, ese debe ser vuestro objetivo. La espera puede ser larga, pero todo llega si sabes esperar y vosotras os tenéis mutuamente, para hacer más liviana esa espera. ¡Ve a buscarla!

En ningún momento vuelven a sacar el tema del suicidio. Por la mañana, apenas ha amanecido, ya cabalgan juntas las tres. Chiara es de montar a diario y ellas siempre lo han hecho cuando han ido. Hoy les viene bien a las tres, sobre todo a Antonella que apenas ha dormido y, sin embargo, parece feliz retando a las dos a una galopada hasta la alberca. Aunque las dos se han esforzado, ha ganado Chiara y ríe satisfecha.

—He jugado con mucha ventaja, conozco mejor el terrero y vosotras estáis desentrenadas. Volvamos, y si os parece bien podemos darnos un baño y luego ir a tomar el aperitivo al pueblo. Quiero que veáis una tienda nueva muy original, todo tejido en seda, lino o algodón, con unos colores bellísimos; por supuesto nuestro, quiero decir, producido íntegramente en Italia.

—Mamá, por favor, parece que quieras agotarnos ya en el primer día.

—Si supiera cuántos días vais a estar podría programar las cosas de distinta manera, pero como no sé si mañana saldréis pitando, intento hacer el máximo.

—Tranquila, Chiara, por lo menos nos quedaremos cuatro días, es mi tope. Bueno, quizá Antonella quiera quedarse alguno más.

Recibe de su amiga un gesto de reproche y trata de arreglarlo.

—Aunque no creo que sea posible, es mejor que vuelvas ahora a casa por si tienes que atender algún papeleo.

—Antonella, mi interés de ir al pueblo es más por ti, en realidad, por saludar a Bonaventura y comentarle un poco lo sucedido, es nuestro amigo y quiero que esté al tanto. No sé si legalmente necesitarás o no la asistencia de un abogado, en cualquier caso, si fuese así, él o alguien indicado por él se ocuparía de todo y conviene que esté preparado. Tesoro, lo único que quiero es que estés tranquila y sepas que si necesitas ayuda la tendrás.

—Está bien, mamá, pero iremos mañana. Hoy lo único que quiero es relajarme. Hablar del tema con un abogado, aunque sea un amigo, no me apetece.

El resto del día lo pasan de la piscina a la hamaca y ya declinando el sol salen ella y Paola a pasear.

—No sé si quieres hablar de algo, pero yo llevo el día masticando el asunto.

—A qué te refieres.

—A la alberca.

Antonella se detiene y la mira extrañada.

—Qué pasa con ella, hemos ido cientos de veces y nunca has dicho nada.

—No es eso, me ha venido a la mente al estar allí que el hermano de Giacinto se ahogó en una alberca. ¿Vio él la alberca cuando vino aquí?

Antonella está muy seria pensando sin apartar la mirada de su amiga. Por fin sonríe levemente.

—Se nota que sigue viviendo en ti la periodista de investigación que quería tu tío que fueses. Nunca se me ha ocurrido pensarlo. Sí, mi madre hace distintos recorridos, pero ese es su preferido y seguro que lo hicimos con Giacinto.

Ha cerrado los ojos tratando de recordar.

—Volvamos, ella lo recordará mejor que yo.

Apenas se sientan le hace la pregunta a su madre que las mira a las dos queriendo averiguar a qué viene eso, y no llega a responder cuando ya ella misma ha caído en ello.

—¡El hermano! Claro, sí, supongo que habéis pensado en eso, en que ese era el motivo de no querer venir aquí. Ah, Señor, ¡pobre muchacho! De haberlo sabido nunca le hubiese llevado allí, por supuesto que no. Lo primero que pensé, cuando no quiso volver, es que era por mí, que le agobiaba o que se sentía incómodo por cómo nos relacionábamos nosotras, siempre echándonos alguna puya. Pero cuando fui por Navidad y vi que me trataba bien, la verdad, dejé de preocuparme. Ah, queridas, dejad de dar vueltas, nada ganáis con ello. Si fue así, si guardó en su interior una culpa o lo que fuese, ya qué importa.

—He tenido yo la culpa, Chiara, y tienes razón, aunque pudiéramos confirmar que tuvo un problema y lo rumió cual los camellos durante años. La única conclusión a la que podemos llegar es que nunca lo digirió. Propongo una partida de parchís después de cenar.

Hoy sí van al pueblo, en realidad a Ostuni, para ellas es el pueblo. Bonaventura las ha invitado a comer. Chiara lo llamó ayer y le contó con detalle todo lo sucedido. Pero antes de ir a su casa van a la tienda que quiere enseñarles. La sorpresa la tienen al llegar y ver quién es la dueña, Grazia, amiga y compañera de colegio de las dos a la que hace muchos años que no ven, ya que ella se fue a la Argentina con su padre. Se abrazan a la vez las tres.

—¡Qué alegría, por Dios! Chiara me prometió traerte en cuanto vinieses, pero veros a las dos a la vez después de tanto tiempo es como un milagro.

—Pero cuándo has vuelto, lo último que supe de ti es que estabas en Londres porque tu padre se había casado con una inglesa. Ahora estás aquí y mamá no me había dicho nada; desde luego, mamá, esta me la debes.

—No te debo nada, le hice la promesa a Grazia de que te traería sin decirte nada y he cumplido.

—Os lo cuento, ya sabéis que yo no quería marcharme, pero mi padre estaba empeñado en volver allí, a sus raíces.

La interrumpe Paola.

—Qué raíces ni qué narices, era hijo de italianos, aquí están sus raíces desde ni se sabe.

—Sí, las de su padre y ancestros, pero su madre era de allí. Para abreviar, me prometió que me dejaría volver cuando terminase de estudiar. Y eso lo sabéis, estudié psicología, lo más corriente por allí y por acabar antes. Un buen día, llegó una inglesa y se enamoró de él y nos trasladamos a Londres, que también te lo conté, Antonella, pero ya nada más. Después nos fuimos a la India y me ilusioné con hacer ese viaje y quedé fascinada.

«He estado viviendo y trabajando en lugares recónditos, por eso dejé de escribir. En todo ese tiempo aprendí de telas, tintes, de producir y confeccionar. En fin, lo suficiente para hacer lo que ahora hago. Y aquí estoy, feliz por volver a casa y más por veros. Llevo más de tres años por Europa, sobre todo por el Mediterráneo. Viviendo como una nómada y aprendiendo de todo lo que veía. Pero no quise deciros nada porque mi objetivo era establecerme aquí cuando fuese posible y daros la sorpresa. Y, nada, que me he establecido definitivamente, abrí la tienda apenas hace un mes. Ahora contadme vosotras, por favor.

Chiara se adelanta a responder.

—Ahora no es posible, querida Grazia, estamos invitadas a comer, pero tú estás invitada el sábado a cenar en mi casa y a dormir, así tendréis todo el domingo para contaros.

—Como ves, mi madre sigue organizando la vida de los demás, por esta vez vamos a dejar que lo haga. Quedamos así. Grazia, volver a verte es como una buena dosis de vitaminas.

Se han despedido y van andando a casa de Bonaventura. Antonella pasa el brazo por los hombros de su madre y la besa en la mejilla repetidas veces.

—Gracias, mamá, muchas gracias.

—Deja de besarme o tendré que retocar el maquillaje. Me encanta que me beses, tesoro, y más porque te prodigas poco, pero ahora no es el momento.

Paola suelta una sonora carcajada.

—Bésame a mí, no me preocupa tanto el maquillaje. Eres una redomada coqueta Chiara, ¿acaso esperas encontrar un buen vino de solera en la comida?

—Cierra la boca, Paola, y procura ser más discreta, reír como lo haces en plena calle no es nada elegante.

Antonella mueve la cabeza desaprobando a su madre mientras Paola ríe por lo bajo, sabe que no la llama indiscreta por la risa, sino por mencionar el vino.

Bonaventura es todo un caballero, saluda a Chiara como siempre, besando su mano y a ellas en las mejillas, las conoce desde niñas. Se detiene con Antonella y desliza un dedo por su mejilla.

—La vida nos reta de muchas maneras, hay que afrontar esos retos y seguir adelante. Pero no estás sola, querida Antonella, tienes un par de ángeles a tu lado y a mí para luchar con dragones si es necesario.

No es hasta después de comer que Bonaventura le pregunta.

—¿Tiene alguna duda la policía? Quiero decir, si está claro que fue un suicidio.

—Sí, por lo que sabemos, hay certeza al respecto. Lo que ignoramos es el motivo, no habiendo una nota, podemos pensar lo que queramos, pero nada más.

—He llamado a un compañero, en quien confío, aquí tienes su tarjeta; podrás recurrir a él si fuese necesario para algo urgente, además de tenerme a mí a tu disposición, por supuesto. Pero él tiene el despacho en Roma y por la cercanía podría atender lo que fuese con más rapidez.

«Puesto que no hay bienes comunes, salvo el vehículo y el dinero de la cuenta, poco problema puede suponer aunque su familia reclame al no haber hijos. No obstante, quiero que en cuanto vuelvas a Roma, te pongas en contacto con él, y se ocupará de todo lo relativo a eso o de cualquier cosa que sea necesario atender. Tú no tienes que preocuparte de nada más que no sea tu propia tranquilidad y de hacer lo necesario para recuperar tu vida.

Con esa tranquilidad en cuanto a lo legal y relajada tras nadar un buen rato antes de ir a la cama, se acuesta y logra dormirse. Sin embargo, son pocas las horas trascurridas cuando Paola la despierta.

—Qué pasa, por favor, Paola necesito dormir.

—Lo siento, me ha llamado Sandro.

—¿Sandro? ¿Te refieres a...

—Sí, al policía, han entrado en el piso, un vecino ha llamado a la policía y, por suerte, han avisado al juez que se ocupa del caso.

Antonella, que ya se ha incorporado, sacude la cabeza.

—No entiendo nada, han entrado en el piso, en mi piso, ¿quién?

—No lo sé, Sandro me ha dicho que volvamos cuanto antes.

—Por qué te ha llamado a ti y no a mí.

—Hemos hablado a diario, sabe que estoy aquí contigo. Venga, levántate; cuanto antes nos vayamos, más tranquilas iremos. Ya se lo he dicho a tu madre.

—¿Se lo has dicho a mi madre antes que a mí?

—Sí, no sabía si despertarte o qué hacer y ella ha llamado a Bonaventura, que ha dicho lo mismo, o sea, que volvamos. Y él ha dicho que llamará a su amigo y que hoy mismo, en cuanto podamos, acudamos a su despacho.

—Para una noche que estaba durmiendo normal, Dios, deja que me dé una ducha para despejarme. Oye, bebiste lo tuyo anoche, ¿podrás conducir? Porque yo hace un siglo que no conduzco de noche y no sé si estoy en condiciones.

—Tranquila, por si acaso, me he forzado el vómito. Dos tías en un coche a estas horas, somos un buen reclamo para un control. Voy bajando, no te molestes en hacer la maleta, ya volverás en cuanto te sea posible. Yo la he cogido porque no podré volver tan pronto, tendré que atender lo atrasado en el trabajo.

Cuando baja, su madre ya les ha preparado como si fuese un desayuno normal y mientras que Paola come a dos carrillos, ella protesta.

—Mamá, por favor, son las dos de la madrugada.

—Siéntate y desayuna en orden. Paola tiene que conducir y tú ir atenta para que no se duerma. En esa bolsa lleváis un termo con café, agua, unos emparedados y algo dulce.

—Esperas que crucemos un desierto o algo así, por lo visto.

Interviene Paola con la boca llena.

—Hay muchos que no abren hasta las siete o las ocho, puede venirnos bien, por lo menos a mí; gracias, Chiara, te quiero. Voy a por el coche.

Le ha dado un par de besos, coge la bolsa más su maleta y las deja solas.

—Antonella, no quiero que estés sola en el piso, si Paola no puede estar contigo, ve a un hotel o vuelve aquí. No te digo de irte a su apartamento porque sé que no querrás hacerlo por respetar su intimidad. En eso se parece a su madre.

—¡Qué! ¿Estás criticando a Paola?

—Por supuesto que no, cómo podría si es adorable. Hago constar un hecho que tú bien conoces y por eso respetas su intimidad.

—Mamá, tiene treinta y tres años, no es ningún delito que eche un polvo de cuando en cuando.

—Yo no he dicho que lo sea, solo que sigue los pasos de su madre en ese aspecto. No, no digas nada, en este momento cualquier cosa que digas será tan poco adecuada como la palabra polvo; por favor, sabes lo mucho que detesto las vulgaridades. Volviendo al tema. No hay casualidades, no las hay, si alguien ha entrado en tu piso es porque buscaba algo. Y no creo que fuese dinero ni joyas que no tienes, así que razona un poco y atiende mis consejos. Anda, ve. Lo siento cariño, no sabes cuánto siento que sufras esta situación, me duele en el alma.

El abrazo que se dan es más intenso de lo normal a pesar de lo hablado. Antonella la besa varias veces.

—Ahora no vas maquillada, gracias, por todo, mamá.

Van con la radio puesta, es una emisora con música de los ochenta o más allá, pero las dos canturrean algunas de las letras por no querer hablar. Han parado en un área de servicio para ir al baño y aprovechan para tomar algo de lo que llevan en la bolsa.

—Ha tenido una idea genial, lo que puedan tener ahí, ni comparación con esto. Este queso está de muerte.

Antonella que iba a morder se queda parada.

—He dicho de cine, de cine; come, por favor.

—No, no pasa nada, es el hecho en sí. Si él tenía un problema, el que fuese, lo ha solucionado muriendo, punto final para él. Qué clase de problema era que puede crearme ahora a mí un problema.

—Parece un trabalenguas. No se me ocurre qué podría ser, ¿jugaba o apostaba?

—¿Giacinto? Claro que no, para nada, hasta jugar al parchís le parecía impropio.

—¿Drogas?

—Qué dices, dejé de fumar porque él no fumaba. No, Paola, lo que fuese estaba en su cabeza.

—Sí, pero alguien ha podido pensar que no solo en su cabeza. Vamos, Sandro me ha mandado un mensaje, estará allí a las ocho.

Cuando llegan ven un coche de la policía y otro al lado que no lleva distintivo alguno. Hay un agente paseando, en cuanto las ve dirigirse al portal les pregunta.

—Buenos días, perdonen, ¿a dónde van?

Responde Antonella.

—Buenos días. Supongo que está aquí por lo sucedido en mi casa, soy Antonella Di Martino.

Asiente y les hace un gesto para que sigan, aún no han entrado oyen que llama por el transmisor anunciando su llegada.

Otro guardia está en la puerta y las deja entrar tras darles los buenos días. Sandro aparece al medio del pasillo.

—Hola, qué tal el viaje.

—Un poco precipitado, pero bien. ¿Qué ha pasado?

—Pasad a la sala, mi compañera os pondrá al corriente, estamos aún con el proceso de las huellas en diversos sitios, ahí ya hemos terminado, apenas era nada.

Es la misma del otro día, hace el saludo protocolario. Pero Antonella alarga su mano y se la estrecha.

—Buenos días, no sé cómo se llama ni si es correcto preguntárselo.

—De normal doy el apellido, pero usted puede llamarme Sandra, las dos, por supuesto. Por lo que hemos podido apreciar hasta el momento, quien fuera buscaba algo concreto.

Paola es rápida deduciendo.

—Quizá lo que ustedes se habían llevado, ¿han sacado algo en claro de ello?

—No está aún visto del todo, el ordenador tenía varias contraseñas, ha sido laborioso poder abrirlo, pero hasta ahora nada nos ha llamado la atención. Puede que quien haya entrado hubiese simulado un robo, pero al ser sorprendido, salió a toda prisa y no cogió las pocas joyas que hay en su mesita ni el dinero, tanto de su mesita como la que suponemos de su marido. Lo más rebuscado ha sido el despacho, está claro que pensaba que ahí estaba lo que quería, quizá algún documento.

Paola le da en el hombro a Antonella.

—¿Por qué dejas dinero en las mesitas?

—Siempre tengo algo en casa, pero nada de importancia, unos cientos. Giacinto no sé si tendría algo.

Sandra comprueba sus notas.

—620.400 euros. Seiscientos euros en la suya.

Es tal la expresión de asombro de Antonella y también la de Paola que Sandra sonríe.

—Paola, ¿le importaría preparar un café o algo? Creo que le vendría bien a su amiga.

—Si usted quiere café lo haré de inmediato, pero ella y yo hace poco que lo hemos tomado. Una copa es lo que nos hace falta después de oír eso.

—¿Tiene idea de qué pueda ser ese dinero?

Antonella se ha dejado caer en el sofá anonadada. Coge la copa que le ofrece Paola y bebe un poco. Suelta el aire.

—Lo ignoro. La mayor parte del tiempo desde que nos casamos, yo he cobrado más que él, unos mil ochocientos mensuales y algo menos en las pagas porque mi contrato terminaba siempre en junio. Pero en noviembre comenzó a trabajar en el puesto que ocupaba ahora y cobraba en neto más de cuatro mil, por lo que en la cuenta tenemos más que nunca, no lo sé exacto, quizá alrededor de veinte mil, eso es todo lo ahorrado. El coche dimos una entrada y el resto lo pagamos a plazos en su momento.

Vuelve a consultar sus notas y puntualiza.

—En la cuenta hay 22.320,65. Estamos convencidos de que quien ha entrado no buscaba el dinero, por la manera de registrar en el despacho. Pero de dónde o por qué tenía esa cantidad dejada ahí sin más, nos desconcierta.

Paola no puede estar sentada.

—Prepararé café para todos. ¿Te parece bien Sandra? Oh, perdón, la costumbre de tutear.

—No importa, ya tuteas a Sandro, ¿no?

—¿Te lo ha dicho?

—Es mi hermano, somos mellizos.

En ese momento le suena el móvil.

—Disculpad.

Ha salido de la sala y son tales los gestos de Paola que Antonella acaba riendo.

—Ve y prepara café, ya que estamos en familia.

Ha vuelto Sandra y al oírla.

—No tanto como eso, viene el juez, pero sin problemas. Es un hombre estupendo, muy empático y tremendamente concienzudo, has tenido mucha suerte; perdona, te estoy tuteando.

—Sí, hazlo, por favor, ya es obligado que lo hagamos.

—Digo que has tenido suerte porque lo que sea se aclarará más pronto o más tarde. Nunca abandona un caso sin resolver.

—Antes de que llegue, porque no sé si podrás responder. Supongo, que al hacer el estudio forense se sabe si hay restos de droga o algo, algún medicamento. No era de tomar, pero no sé, damos vueltas y vueltas y nada.

—No deis más vueltas de las necesarias, es decir, lo que sí sabes debes decirlo y no especular, eso lo hacemos nosotros. Y bien, no descubro nada trascendente, no había restos de droga ni nada parecido. Voy a decir a mis compañeros que viene su señoría.

El café ya está hecho y todo preparado, pero han decidido esperar a que llegase el juez, y ya está entrando. Ha ido por todo el piso acompañado de Sandra, ahora es cuando entra y lo presenta.

—Su señoría, don Armando Gallo.

—Buenos días, señoras.

—Buenos días. Íbamos a tomar un café, si le parece a usted bien, ¿le apetece?

—Sí, a mí el café siempre me viene bien y aprovecharemos para hablar más distendidos, aunque voy a ir directo. Usted empleó las palabras silencio y oscuro. Eso es precisamente lo que hasta ahora teníamos. Silencio y oscuridad. Su marido en el trabajo de ahora y en el anterior, no hemos mirado más atrás, era exquisitamente puntual, preciso, eficaz y eficiente. Pero, sin ningún amigo ni alguien con quien tuviese la mínima intimidad o relación.

«Usted puede pensar, ¿a qué viene investigar eso? Se lo diré, aumentan los suicidios por la presión laboral. Por otras muchas razones, pero esa causa es la que nos lleva a investigar en el entorno laboral. Su ordenador respondía justo a cómo lo han descrito, todo perfecto, como su despacho, sin nada que dé pie a pensar en alguien afecto de presión o trauma alguno.

«Y justo por eso, más su declaración, yo pienso que lo tenía y no pequeño.

Era tan importante como para tomarse la molestia de no dejar ni un cabo suelto que lo delatase. En la historia criminal se encuentran grandes asesinos con esa precisión en ocultar su verdadera personalidad. No es por compararlo, más bien, por puntualizar que tenía una razón muy poderosa para actuar así.

«Para mí eso ya sería suficiente motivo para seguir con la investigación. Colaboramos con un estudio del ministerio con la finalidad de conocer las causas para poder prevenir los efectos. En una investigación habitual, ya estaría cerrado el caso. Pero lo nuestro es seguir y ver si podemos conocer la causa. A eso hay que añadir, la intervención de terceros, es decir, ese alguien que ha entrado queriendo no sabemos qué. Además, está ese dinero que llama mucho la atención dado que no corresponde para nada a sus ingresos. Supongo que tiene claro todo lo que he dicho.

—Sí, y yo quiero añadir algo. Sandra, perdón, señoría, por la familiaridad.

—No, por favor, que la gente confíe en quien hace la investigación es muy importante y como estamos entre amigos o por lo menos en el mismo bando, llámeme Armando.

—Gracias. Sí, así lo pienso, confío en ustedes. Ella me ha dicho que no debo especular, pero sí decir lo que sé, en este caso, creo saber. Mi marido solo vino una vez a la *masseria,* y ya no quiso volver. Es la casa de mi familia, mi madre vive allí. Paola y yo hemos ido para informarla de lo ocurrido; yo no estoy ahora trabajando, ella sí tiene trabajo, pero me ha hecho el favor de acompañarme. Tenemos costumbre de montar a caballo y lo hicimos hasta la alberca. Fue precisamente Paola la que lo pensó, que quizá fuese la alberca lo que hizo que mi marido no quisiera volver allí, a pesar de la buena relación con mi madre.

—Ya, fue en una alberca donde se ahogó el hermano. Sí, es posible, de momento un dato más a tener en cuenta. Además de eso, hay que sumar la actitud del hermano al mencionar usted, precisamente, ese hecho. No podemos aún atar ni desatar, vamos dejando los datos sobre la mesa y ya veremos si es posible recomponer el rompecabezas.

«Bien, hay algo importante, que por eso he venido, precisamente. No es habitual que yo salga mucho del despacho, para eso tenemos a nuestros eficaces agentes. Quería dar la cara, puedo delegar, pero lo he considerado necesario, dada su buena disposición en colaborar, correspondo con mi presencia. Verá, no puedo ponerle protección, no hay motivo para ello ni lo considero necesario. Pero sí me gustaría que no estuviera aquí, por mí puede volver a casa de su madre, si quiere. De momento es conveniente que se vaya a otro lugar, y en mi opinión, ese sería el mejor. Deje el piso tal y como está. Llévese el dinero, por supuesto, y algo de ropa si lo necesita, pero nada más, ni siquiera toque nada de su estudio. ¿Puede hacerme ese favor?

Antonella lo mira sonriendo y más que sorprendida.

—¿Hacerle el favor? Es usted el juez, usted manda.

—Sí, en aquello que se ajusta al protocolo. Lo que yo le pido va más allá, es más, quiero que me autorice a poner cámaras ocultas. Tengo la intuición, que no es algo que se describa en el protocolo. Como le decía, tengo la intuición de que quien buscaba, volverá a buscar y quiero cogerlo, si es posible, o por lo menos, saber quién es. Ha dicho que no está trabajando, puede permitirse el volver a montar a caballo.

Lo ha dicho con gracia y Antonella sonríe.

—Bien, señoría, haré lo que me pide.

—Ya ha olvidado mi nombre, me llamo Armando y a veces voy armando ruido. Entonces, ¿cuándo se marcha? ¿Puede ser ahora? No se preocupe, entre todos limpiarán las tazas y lo dejarán en orden. Coja su maleta y, Sandra, dale el dinero, ella misma la llevará dónde sea, a la *masseria* sería lo más prudente. Es más, le doy un par de días de vacaciones a Sandra y que disfrute del campo. ¿Qué le parece?

Supongo que su amiga tendrá que volver al trabajo, así que será Sandra quien irá con usted.

—Bien, que venga si quiere. Pero, un momento, ese dinero no es mío, ni puede ser de mi marido, no creo que deba...

—Lo sé, lo sé, pero de momento está en su casa, no hay denuncia al respecto y yo no represento al fisco. Cójalo y guárdelo en casa de su madre. Si tiene que entregarlo ya se lo haré saber, al banco no lo lleve, no procede de momento.

Ella lo mira muy sorprendida.

—Está usted escandalizada, tranquila, todo se aclarará y si no tiene que quedárselo lo entregará, y si no averiguamos nada, se lo quedará, así de sencillo.

Sandra le da una de sus bolsas de aseo.

—Lo he metido ahí, pero va en un sobre precintado, no es conveniente que lo toques. Entonces, señoría, qué hago.

—Nada, irte con ella. ¿Tienes algún problema?

—No, por supuesto, voy encantada.

Antonella mira a Paola que está tan sorprendida como ella. El juez se dirige ahora a ella.

—Tranquila, no corre ningún peligro. Pero no quiero exponerla tampoco permitiendo que siga aquí. Usted es periodista, ¿no?

—Sí, dirijo una revista, soy editora.

—Bien, nada de lo que ha oído lo ha escuchado, ¿verdad que no?

Paola ahoga la risa.

—No, no he escuchado nada, solo oía a alguien armando un poco de ruido.

El juez ríe divertido.

—Perfecto, siendo así, le prometo que podrá hacer un reportaje para su revista con la información precisa llegado el momento, ya la avisaré. Bien, las dejo. Sandra, ya me comunicas. Espero que la próxima vez que nos veamos sea por tener todo aclarado. Gracias por su colaboración, las gracias son para todas, te incluyo, Sandra.

Las tres sonríen.

—Bueno, Antonella, ¿quieres coger algo de ropa?

—No, tengo la maleta allí, además, aún hay algo en mi armario.

—En ese caso, nos vamos y pasaremos por mi casa y recogeré yo lo necesario. Paola, ahora vendrá Sandro, voy a decirle que me voy de vacaciones.

Paola sale tras ella y la coge del brazo. Sandra se queda mirando la mano y se disculpa.

—Perdona, solo quería decirte que si la ves mal me llames. Ella es fuerte, pero a veces necesita un poco de ayuda y no quiere que la ayude su madre, ni siquiera yo, es un poco cabezota y quiere lograrlo por sí misma, pero a mí me acepta aunque sea a regañadientes. Aunque no le haga falta, ¿me puedes dar tu número? Por llamarte de vez en cuando y saber cómo está sin atosigarla, no es de hablar mucho por teléfono y no quisiera alarmar a su madre.

—Ya tienes el de Sandro, ¿no? Comunicaremos a través suyo, tampoco voy a estar mucho, no da tiempo a nada. Tiene suerte de tener una amiga como tú.

—Más suerte tengo yo con ella. Antonella es la mejor persona que conozco. Y te aseguro que me muevo entre buena gente.

—Bien, si la veo mal se lo diré a Sandro.

Poco después van camino de la *masseria.* Sandra, no solo ha cogido una pequeña maleta y una bolsa, también se ha cambiado de ropa. Llevaba un traje completo en negro y camisa. Ahora se ha puesto un vestido estampado y corto. Se ha soltado el pelo que lo llevaba en una cola y resulta mucho más atractiva.

—¡Vaya cambio! Eres muy guapa y tu hermano también.

—Él lo es más, pero con este trabajo los dos andamos escasos de relaciones.

—¿Por el horario o por qué?

—Nos absorbe por todo, el horario es más o menos normal, por lo general, en cuanto a estar en el juzgado; pero luego están los imprevistos, los estudios a los que nos ha enganchado el juez Gallo que es una máquina y pone tanta pasión en lo que hace que te impulsa a seguirlo. Llevamos tres años con él y desde entonces salimos muy poco, acabamos a veces hechos polvo. Luego está el gimnasio, yo hago más que Sandro, porque siendo mujer, con menos fuerza y menor altura, tengo que compensar con una mayor destreza, eso requiere más entrenamiento.

—Por eso se reían cuando tumbaste a Giancarlo, sabían que podías de sobra, ¿no?

—Sí, por supuesto.

—¿Por qué elegiste esta profesión? No sé, pienso que requiere una parte vocacional importante.

—Tradición familiar y sí, mucha vocación. Hemos avanzado, nuestro bisabuelo fue juez de paz, el abuelo guardia municipal y nuestro padre policía, murió en un tiroteo. Nosotros quisimos investigación, por evitarnos estar en la primera línea de fuego.

—Siento mucho lo de tu padre. Debió de ser muy duro, ¿cogieron al culpable?

—Lo hirieron, aun así, huyó, se estrelló contra un autobús y murió en el acto.

—¿Qué edad teníais?

—Quince años. Ya teníamos decidido ser policías, pero nuestro abuelo nos convenció para hacer lo que hacemos. Y estudiamos como locos los dos para poder entrar en la academia.

—Supongo que también requiere una preparación como cualquier policía.

—Más, hicimos cursos específicos y también en lo físico una mayor preparación, al no llevar uniforme, solo el chaleco o la placa colgando que no siempre la ven, no tienes esa pequeña ayuda que supone el uniforme, es un tanto disuasorio. Y tú, por qué te decidiste por educación especial. Supongo que no por tradición.

—No, para nada. Mi padre estudió para veterinario, pero solo ejerció con su propio ganado. Descendía de una familia de agricultores y ganaderos. La *masseria* es, en gran parte, una construcción del siglo XVIII, pero toda la finca ha pertenecido a la familia desde más de cien años antes. A mí me atrae mucho todo lo de la agricultura y la ganadería, y eso pensaba estudiar, pero cuando tuve que decidir qué hacer, mi padre ya había muerto y mi madre llevaba la finca con un capataz que casi la arruinó del todo. Yo veía un imposible vivir allí estando ese hombre y me decidí por educación especial porque asistí a una charla y me pareció algo bueno.

«Trabajar la tierra supone o debiera suponer, atender a su cuidado, mejorar lo necesario y tratar de que su producción sea beneficiosa para sí misma y para la sociedad. Obtener los productos de la manera más natural posible, respetando la biodiversidad y tratando siempre de mantener un equilibrio ecológico, la calidad tanto de la tierra como del agua. De alguna manera similar a la educación especial, salvando las distancias. Hay que lograr favorecer el desarrollo integral, tratando de beneficiar a la persona y a la sociedad, con respeto a la diversidad.

Sandra sonríe.

—Increíble, me has dado toda una lección de ecología y de educación especial. Supongo que eres buena en lo que haces.

—Sí, creo que sí, o por lo menos lo intento; me gusta mucho, pero no me importaría dejarlo y volver a lo que hubiera querido que fuese mi profesión, hacer lo que hizo mi padre, por tradición y vocación.

—Y tú madre, ¿qué hace?

—Es la señora, siempre lo ha sido. No es así, todo el mundo la llama la señora, pero todos la tutean. Lleva la finca, ahora no es tanto lo que se mueve, pero es ella la que está al frente. No tiene estudios superiores, pero te puedo asegurar que sabe lo que no está escrito, bastante más que yo de todo. Además, sin estudiar en ninguna universidad, sabe más que muchos licenciados en farmacología natural. Desde los diez años hasta que se casó estuvo junto a mi abuelo en el laboratorio a tiempo completo. Después siguió, pero dedicando menos tiempo.

«Su familia tiene un laboratorio de productos farmacéuticos muy elementales, la mayoría son productos naturales adecuados para uso terapéutico. Colaboran con varias instituciones en investigar en ese campo. Han sabido gestionar de manera que las grandes farmacéuticas les han permitido seguir. Son ya cuatro generaciones, la actual son jóvenes y funciona mejor que nunca. Mi madre pertenece a esa cuarta generación, ella es la de más edad, tiene una participación muy importante y forma parte de la directiva. Y no participa mucho en la investigación, pero aún es capaz de aportar alguna idea en cuanto a nuevos productos.

«Dicen que las empresas familiares se van al traste en la tercera generación. Y a punto estuvo de suceder por falta de herederos. Mi abuelo se casó ya mayor; tuvo un hijo, que murió, y a mi madre. Pero el hermano de mi abuelo, que era el mayor, estaba soltero y sin ánimo de contraer matrimonio. Dedicado al laboratorio por completo.

Mi madre, que no podía considerarse ni adolescente, le buscó la mujer adecuada y lo convenció para que se casara. Tenía un montón de años, y ella le hizo un preparado, como una Viagra natural, total, tuvo tres hijos en cinco años. Ellos son los que hoy llevan el laboratorio, pero la prima Chiara, o sea, mi madre, es como una diosa para ellos. Están en el mundo gracias a ella.

Sandra ríe divertida.

—Parece como un cuento, la vida sorprende con historias increíbles, algunas para mal; pero otras, como esa, te llevan a pensar que vale la pena vivir. Y oye, cómo no quisiste trabajar en eso, de alguna manera, la farmacología natural puede compararse a ese afán por proteger la tierra y aprovechar los recursos sin dañar. ¿No es así?

—Sí, es así; pero yo nunca pensé en el laboratorio, tienes que trabajar encerrada y de pie quieta o sentada, no era lo mío. Apenas he estado allí de visita unas pocas veces; he ido más por las celebraciones. Además, mi adolescencia no fue un camino de rosas, lo pasé muy mal con la muerte de mi padre, yo tenía catorce cuando murió. Los poetas cantan esa edad y yo diría que es la peor. Luego, te das cuenta de las tonterías que has hecho o lo estúpida que has sido, pero no puedes dar marcha atrás. ¿Conoces Ostuni o la zona?

—No, de la Puglia conozco Bari, porque asistí a unas charlas, fueron dos días y apenas vi el centro de la ciudad. Antes de eso estuvimos Sandro y yo haciendo un curso en la Brigada Marina San Marco, en Brindisi, que sí está cerca de Ostuni. Pero nos recogió un autobús en el aeropuerto y nos trasladó a la base, al terminar nos volvieron a llevar para coger el avión. Puedo decir que vimos el mar, pero nada más.

—Eso es relacionado con tu trabajo, ¿no viajas por placer?

—Mi hermano y yo siempre hemos ido escasos de tiempo y, más aún, de dinero. Desde que trabajamos nos podemos permitir hacer alguna escapa, juntos o por separado en fines de semana hemos hecho y luego en vacaciones más. Pero desde que estamos con el juez Gallo, en fines de semana casi nada, como mucho a la playa unas horas y antes de que se llene de gente. Aun así, por lo viajado en vacaciones conozco parte del país, pero nunca he llegado a Puglia.

—Pues deberías. La Puglia tiene muchos kilómetros de costa y te aseguro que hay sitios fantásticos que nada tienen que envidiar al Caribe y con poca o ninguna gente. No están sus playas invadidas por turistas como en otras partes de Italia. Esta región es de las menos conocidas fuera del país y, sin embargo, no le falta absolutamente de nada. Si Federico II pasó tanto tiempo en esta tierra y mandó construir más de cien castillos, por algo fue. Sin duda, por la maravillosa naturaleza y por sus gentes. Eso sigue siendo así, hay lugares que conservan todo el encanto medieval.

«Yo no soy de mucho viaje, quizá porque en la finca tengo todo lo necesario para sentirme bien. Y si me apetece la playa está muy cerca, a mano como quien dice. Mis padres no eran de viajar, aun así, viviendo mi padre visitamos alguna ciudad, en las vacaciones de Pascua, y sin llegar a salir de Puglia. Hay tanto para ver que no lo vimos todo.

«Luego, lo que he viajado ha sido con Paola, cuando estudiábamos. Viajes relámpagos, por ejemplo a París, Londres o a cualquier parte dentro de Italia. Con dos o tres días, a veces menos, ya nos dábamos por satisfechas. Con mi marido no he salido nunca de Italia ni él era de mucho viaje...

Hablando a ratos, callando otros, llegan a la finca Di Martino.

3

Han dejado atrás la blancura deslumbrante de la pequeña ciudad medieval de Ostuni, encaramada en una colina, y desde hace poco circulan por un camino de tierra que Antonella ha dicho que ya forma parte de la finca. Sandra, nada acostumbrada a conducir entre olivos, ha disminuido la velocidad por mejor saborear el entorno. El silencio, la quietud y el espléndido olivar la fascinan.

El camino, hasta ahora sin nada que lo limitase, tiene otro aspecto por el muro que lo bordea, apenas medio metro de piedra colocada en seco. Pero no solo por eso, de cuando en cuando es un tramo de chumberas, que adornan el acceso al olivar; la retama o matorral propio de la maquia, como los matojos de romero, espliego y otros arbustos. Lo que la ha llevado a bajar el cristal por oler sus aromas.

Tras varios kilómetros se muestra con todo su esplendor la *masseria*, que no es solo una casa, sino que está formada por un conjunto de edificios entre los que destaca la casa con torreón incluido, varios *trulli,* un enorme establo y otros edificios.

Todo ello impresiona, porque, además, hay unos árboles de baladre y otros de la buganvilla (arbustos que se han ido formando con paciencia y manualmente), y flores silvestres por doquier. Y un curioso muro de chumberas que parece cercar la zona de la casa desde el establo.

Al ya estar cerca de la casa, Sandra queda impactada por lo grande que es y, sobre todo, por su compleja estructura de bloques medianos de piedra calcárea en su color natural, muy sutil, entre blanco y amarillo pálido. En la parte delantera hay dos balconadas en forma de arco y cubiertas. En una esquina una enorme terraza, también cubierta y abierta en los lados. Ve varias escaleras que se retuercen en su escalada, hasta un arco que parece un túnel que va de un lado a otro y tiene una escalera en medio.

Si todo eso le hace sentir que está en otro siglo, más cercano a la época medieval que a la actual. Al entrar aún es mayor la sensación. Todo es piedra calcárea como en el exterior, suelo incluido. Solo que está cubierto con esteras por donde pisar. Los techos son altísimos y abovedados o en cúpulas imposibles. La sala en la que están esperando a que llegue Chiara, la que más usan como sala de estar. Es enorme, en forma de cañón y abovedada. Con cavidades en las paredes en arco enmarcando los ventanales o como decorando. La grandeza de la construcción se complementa, y por ello equilibra, con la sencillez del mobiliario, nada hay excesivo ni en modo alguno recargado.

El gran parecido de la madre con la hija, la sorprende, más aún, su manera de moverse, ambas con natural elegancia. El detalle del pelo, de color castaño y cortado con el mismo estilo, en media melena, remarcando ligeramente el rostro. La lleva a pensar que más que madre e hija parecen hermanas, aunque una ya use tinte y la otra no. Sus rostros muestran la misma sonrisa y el color de los ojos, pardos, es idéntico.

Ninguna de las dos ha pensado en ocultar la profesión de Sandra, y cuando Antonella se lo dice a su madre la ve palidecer.

—¿Qué te pasa mamá? Siéntate, por favor, ahora te doy un poco de tu elixir.

Chiara apenas toma un par de sorbos parece recobrarse.

—Le pedí a Paola que me lo contase todo, pero por lo visto no lo hizo. ¿Qué me habéis ocultado?

—No te hemos ocultado nada, mamá, ¿a qué viene eso?

—Cómo que a qué viene, ¿me consideras una tonta o ignorante? Vuelves a casa de inmediato, sin siquiera ir a ver al abogado como dijo Bonaventura, que se ha quedado esperándote, hace dos horas que llamó para decírmelo, y vienes con escolta. No le ponen escolta a nadie si no hay una amenaza más que probable de muerte. Así que ya me estás diciendo toda la verdad, o mejor dicho, dígamela usted, quiero saber quién quiere matar a mi hija y por qué.

Antonella está esperando que Sandra responda y no parece tener intención o está pensando.

—Sandra, por favor, ¿es cierto lo que dice mi madre, corro algún peligro?

Sandra tiene temple, si está en tensión no lo aparenta.

—En este caso todo está fuera de protocolo, incluido el que yo esté aquí, pero no porque temamos por tu vida. Señora, le pido disculpas por haberla sobresaltado con mi presencia. El señor juez está convencido de que quien sea que ha entrado en el piso, volverá a intentarlo y no podía permitir que su hija corriese ningún riesgo. Es más, de esa manera facilita que lo vuelva a intentar y quizá así podamos cogerlo.

«Por otro lado, con las normas en la mano, no había motivo para impedir que estuviera en su casa, así que se considera un favor que ella le hace al juez. Para corresponder de alguna manera, me ha mandado a mí a traerla. Y para compensarme a mí, porque realmente no podía ordenarme este servicio, me ha dado un par de días de permiso, saltándose el protocolo, y los pasaré aquí, si usted tiene a bien invitarme.

Las miradas de las tres se cruzan de una a otra hasta que Chiara suelta la risa y las tres ríen.

—Cómo has dicho que era su nombre.

—Sandra, mamá, y puedes tutearla y ella a ti.

—Sandra, bienvenida a mi casa hoy y siempre. Saber que eras policía casi me hace morir, oírte me ha resucitado. ¡Por Dios, qué locura! Ah, una cosa, di a ese juez que quiero conocerlo, que venga por aquí un día cuando todo esté aclarado. Debe de ser alguien muy especial si es capaz de saltarse las normas para resolver el caso. ¿Te gusta montar a caballo?

—Aprendí en un curso, pero nunca lo he hecho como deporte.

—Ah, no, tranquila, aquí no somos de mucho deporte, pero sí de placeres, montamos por placer.

Sandra está encantada, nunca ha disfrutado de un lugar como la *masseria* ni ha hablado tantas horas con alguien a quien hace nada que conoce. Ha querido ver el laboratorio y Chiara no ha tenido inconveniente, la ha llevado después de ir hasta la alberca cabalgando. Y ha podido admirar, dentro de un viejo y cuidado edificio, una instalación de lo más avanzada. También ha conocido a los tres primos, los tíos de Antonella, que le han dado una cesta con muestras de todos sus productos. Ella se resistía a cogerla y Chiara ha insistido.

Hoy ha venido Grazia, ya le habían hablado de ella y no quiere suponer un obstáculo a lo que quieran hablar. Aprovecha que han salido a pasear Antonella y Grazia, para decir.

—Si te parece bien, Chiara, cenaré en mi habitación. No quiero imponer mi presencia a vuestra invitada.

—Si considerase un inconveniente tu presencia, habría anulado la cena. Estando en mi casa, quien requiere un trato preferente eres tú. Pero tranquila, no supones ningún problema, querida. Las conozco bien a las tres. Podría pensar que a Grazia menos, porque son años los que ha estado ausente, ha madurado lejos de aquí. Pero el primer día que volvió, vino y pasó el día contándome lo que había sido su vida en esos años, reconocí de inmediato a la muchacha que era antes. No ha cambiado mucho. Ninguna de las tres ha cambiado gran cosa, saben más, pero en el fondo siguen siendo las mismas.

«Grazia, Paola y mi hija eran como los tres mosqueteros y yo d'Artagnan. Las llevaba y traía a todas partes, empezando por el colegio. La madre de Grazia murió siendo ella muy pequeña y mientras vivió aquí, a cualquier duda acudía a mí. La de Paola vive en Roma desde que se divorció, pero era de aquí y aquí vivía, nos conocemos desde niñas, y no ha sido nunca de madrugar, así que me ocupaba yo de las tres. Estaban muy unidas, soñaban juntas. La que menos mi hija. La muerte de su padre le supuso un bajón enorme. Grazia hacía poco que se había ido, por suerte Paola seguía a su lado. Tengo mucho que agradecer a Paola, porque fue su refugio entonces y lo es ahora.

«Antonella y yo hemos chocado siempre, ahora menos, apenas, pero siendo pequeña y adolescente, yo era su educadora, quien la mandaba o la reñía por todo. Mientras que su padre era quien la llenaba de besos y le contaba historias. Lo poco que estaba con ella la hacía más feliz que yo y lo adoraba. Es el problema que a veces tenemos las madres que nos ocupamos de educar, lo cual no es tarea fácil. Mi hija no apreciaba mi dedicación a ella, no sé si lo hará algún día. Nada me debe, por otro lado, quise ser madre y eso conlleva dedicar tiempo y esfuerzo a la educación de esa persona que has creado. En cambio, sus dos amigas parecían encantadas conmigo y así siguen. A pesar de que también les imponía alguna norma.

Ha callado y Sandra pregunta.

—¿Pensabas que no te quería?

—No, eso no lo he pensado nunca. Antonella es de mucho querer y a pesar de todo, tanto antes con sus rebeldías y después con sus desplantes, nunca he dudado de su afecto. Solo que no soportaba mis normas. Tengo que reconocer que se las daba para todo, era lo que tenía que hacer y lo hice, y sé que aprendió bien lo que le enseñé. Tiene unos principios y valores muy asentados, y eso es obra mía.

«Estos días, meditando en todo por lo ocurrido con Giacinto, he llegado a pensar que se casó por no depender de mí. No es de estar sola, no me refiero a la parte sexual, sino a la emocional. Paola se fue a Boston, estuvo allí unos años con un tío suyo, hermano de su madre, que es un reputado periodista de investigación. Vivían juntas en ese mismo piso que tiene. Se lo compré cuando quiso estudiar en Roma, para alejarse de mí, pero sin estar en la ciudad, las grandes ciudades la agobian, es más de campo. Paola no necesitaba apartarse de su madre, pero la siguió. Nuestra relación en aquel tiempo era tensa, tanto que tuve que decirle que el dinero del piso era de su abuelo, que lo dejó para ella. Conforme estaba entonces, no lo habría aceptado si hubiera sabido que era mío. Nunca le he dicho la verdad. Estudiaron las dos allí y convivieron esos años, un poco más, hasta que Paola se fue con su tío.

«Cuando me presentó a Giacinto, en una de mis escasas visitas, no le gustaba ni le gusta que vaya a verla, siempre ha preferido venir ella. Como te decía, la primera vez que lo vi, me pareció un buen chico, muy educado y atento. Pero ya entonces le dije que no era el hombre adecuado para ella. No respondió, cuando se enfurruña puede callar o responder mal, ese día calló. Lo siguiente fue llamarme para que acudiera si quería asistir a su boda.

«No quiso invitar a nadie y se casaron por lo civil. Sabía que yo quería que se casara aquí, tenemos una pequeña capilla, es donde me casé yo, sus abuelos..., en fin, algo tradicional y al tiempo con cierta relevancia, invitando a parientes y conocidos, era lo que tocaba por todo. Pero, ya no mandaba yo, y no lo hizo. Como ahora ha hecho, queriendo ver los restos porque no la dejé ver a su padre muerto.

—¿Cómo murió?

—Por un accidente fruto de su cabezonería, en eso se parece a él. Había un enjambre en una almena de la torre y quiso subir a quitarlo. Le dije que llamase a algún empleado más ágil para que lo acompañase y fuese él quien accediera a lo alto del muro y que no subiera sin protegerse. Siempre ha habido colmenas en la finca y él no usaba gran cosa para acercarse, creía conocerlas bien. No me hizo caso en nada. Apenas se encaramó, alguna le picó o trató de esquivarla, no lo sé. Solo sé que le vi caer a mis pies, el momento más horrible de mi vida. Se partió el cuello y ahí quedó como un muñeco retorcido. Disculpa.

Chiara es de tomar una copa cuando algo se le atraganta y es lo que hace. Cuando vuelve enciende un cigarrillo.

—Perdona, Sandra, no te he preguntado si quieres tomar algo.

—No, suelo beber poco. Siento haber removido tus recuerdos.

—No, no lo has hecho tú, ha sido mi yerno; los recuerdos se han agolpado en mi mente en pocas horas. Mi hija apenas ha llorado y necesita hacerlo; yo no soy de llorar, ella tampoco lo es, pero lo necesita, y mientras no lo haga no respirará en orden. Puede parecer serena y lo está, aunque demasiado para lo que ha supuesto. Solo espero que cuando se derrumbe, que lo hará, esté aquí o tenga cerca a Paola. Es fuerte, mi hija es fuerte, pero a veces no administra bien su fuerza. O la derrocha sin sentido, como hizo al querer ver sus pedazos.

«De todo lo ocurrido, lo que más me inquieta es ese dinero, por qué lo dejó ahí. Si era de algo ilícito no tiene sentido que lo dejase a la vista como quien dice, además, comprometiendo a mi hija con ello. ¿Qué crees tú? Dime tu opinión personal, supongo que no podrás hablar de datos concretos de la investigación.

—No, eso corresponde al juez. En mi opinión, lo dejó en la mesita porque estaba decidido a hacer lo que hizo. Una vez muerto, Antonella no tendría más remedio que verlo cuando retirara sus cosas, algo que hará más o menos pronto. Lo dejó ahí para ella, por eso no estaba escondido en su despacho que le costará más desmontar o quizá no lo haga en mucho tiempo.

—¿Habéis cotejado esos billetes? Antonella me dio la bolsa y tal cual la metí en la caja fuerte. Dijo que estaban precintados, que ni los había visto, y yo tampoco lo hice. Pero he pensado que no es una cifra redonda, más bien dos cifras, 620.000 y 400 por otro lado.

Sandra está pensativa.

—Acabas de crearme una duda. ¿Te importa que lo compruebe?

Chiara se levanta de inmediato.

—Vamos, querida, hagamos algo positivo, sirva o no sirva, por lo menos nos distraeremos. Ah, Grazia no sabe nada, y de momento mejor así.

—Voy a por unos guantes y lo necesario.

—Te espero en el despacho.

El despacho es una sala que poco responde a ese nombre si se compara con la imagen de un despacho habitual. Para empezar, la mesa es muy grande y tan antigua que no se sabe su origen, más bien parece una mesa de algún artesano, es metálica, de color añil claro deteriorado y sobre ella, lo único que recuerda a un despacho actual es el moderno ordenador. Porque el teléfono que hay parece, si no de los primeros que inventaron, de poco después y funciona. Hay varios libros con apariencia de dietarios antiguos y un juego de tinteros de cristal y plata vieja. Además de pequeñas macetas con hierbas, tiene diminutas figuras de animales de terracota. Como la pared es muy amplia, en la repisa de la ventana hay un gran macetero con margaritas que caen en cascada. Al otro lado de la mesa una puerta que abre hacia la parte trasera y es la piscina lo que se ve y un enorme árbol de baladre.

Una vitrina, también metálica, de estilo similar a la mesa, está repleta de libros de farmacología natural de tiempos ancestrales. No hay sillones, son taburetes antiguos con respaldo, incluso el que parece usar Chiara, que tiene una estera hecha con juncos de retama en el respaldo, como así son las que hay por el suelo con distintos colores y dibujos, como sendas por toda la casa. Hay otra vitrina parecida que guarda un selecto botamen, aunque pueda parecer algo propio de un museo, sigue siendo el botiquín de la casa y donde Chiara guarda sus más preciados productos, tanto para atender un resfriado como tinte para el pelo. Por supuesto, lo prepara ella, y para ello en el extremo del singular despacho tiene todo lo necesario como si de un laboratorio de alquimia se tratase, sobre otra mesa o puesto en pequeños estantes de madera de olivo.

Además de todo eso, hay una amplia librería y una impresora multifunción, dando muestra de que es realmente un lugar de trabajo puesto al día. A todo eso hay que añadir, que es una de las varias zonas de la casa donde el techo es abovedado, en distintas alturas y construido en forma de cañón con la misma piedra de las paredes, tal cual en la sala que suelen usar solo que más estrecho. Realmente, la casa por dentro, tiene la estructura de un castillo. Y, sin embargo, resulta cómoda y acogedora.

La caja fuerte está encajada en la pared, pero a la vista, y da la impresión de ser algo de adorno y no lo que es.

Cuando Sandra llega, como no había entrado aún en tan singular estancia se queda boquiabierta. Chiara se echa a reír.

—Veo que aún no conoces bien la casa. Esto es mi reino, querida, construido con restos de lo que fue el laboratorio, primero de mi abuelo y luego de mi padre, la persona más importante para mí mientras vivió. Ni siquiera he querido pintar los muebles, por no perder la sensación de que puedo acariciar sus huellas. Quien inició todo fue mi bisabuelo, pero trabajaba en la cocina de casa.

«Aquí no suelo recibir porque es donde trabajo, lo poco que hago. Nada de la finca en realidad, tengo a mi querido Francesco ocupado en eso. Lo mío es revisar informes o comunicar con el laboratorio por cualquier tema y preparo mis potingues. Algunos son los de siempre, y otros sigo investigando por mi cuenta, me relaja y me estimula. Esas figuritas de terracota las hizo Antonella; a Paola su madre le enseñó a bordar, yo no sabía ni sé coger una aguja, así que la encaminé a que sacase su creatividad de esa manera.

—Son muy bonitas y todo realmente sorprendente. Y la caja así, tal cual.

—Y por qué no, era de mi abuelo; su apertura es manual y dudo que los ladrones actuales, acostumbrados a lo digital, tengan idea de abrirla. La combinación es compleja y solo la conoce mi hija, Francesco y Bianca, la persona en quien más confío y a quien más quiero, después de mi hija. Para mí es más que una hermana.

Sandra se ha puesto los guantes, tras dejar un estuche que ha traído junto a la bolsa que ya está sobre la mesa. Mira y ve folios en una cesta junto a la impresora, coge tres del centro del montón que hay y los pone en la mesa. Saca el paquete de billetes y con sumo cuidado, ayudándose de unas diminutas tenacillas, abre el precinto. Todos son billetes de cien, menos los primeros que son de cincuenta. Con sumo cuidado retira esos. Los números no son correlativos y además se notan usados, mientras que todos los otros parecen nuevos. Uno por uno los comprueba. Luego el resto, es minucioso el examen que hace.

Respira fuerte al terminar.

—Tenías razón, los 400 nada tienen que ver con el resto. Seguramente, al igual que tu hija, guardaba un poco para eventualidades y lo sacaría del cajero. Gracias, no sé si nos ayudará, pero tenemos clara la cantidad, algo es.

Tras guardar todo y firmar una nota como registro de lo que ha hecho, llama al juez y se lo cuenta, a lo dicho, añade que el número de los billetes son correlativos a veces de dos, incluso por grupos de unos diez o veinte. Chiara ha tenido el detalle de salir para que hablase con él.

—Señoría, no he podido aún razonar bien al respecto, pero de entrada, me da la impresión de ser un pago hecho como a cuenta, con cantidades pequeñas de doscientos o más, incluso dos mil, o algo así.

—Sandra, no hicimos comentario, porque la verdad es que decidí todo en el momento, y será como si yo no lo hiciese ahora; pero conociéndote, supongo que estarás conmigo en que no puedes bajar la guardia aunque estés en teoría de vacaciones. Hay algo que huele a podrido en este asunto, es una sensación que tengo y no sé aún por qué ni cómo podremos desenmarañar el caso, francamente, estoy bastante perdido. Creo que el suicidio no es más que la punta del iceberg. Da las gracias a esa señora.

—Tendrá que dárselas usted, quiere que cuando esté todo resuelto le haga una visita, y le aseguro que vale mucho la pena por el lugar que es fantástico, tanto por la arquitectura como por la naturaleza, pero, más aún, por doña Chiara, la señora, la madre de Antonella.

El juez suelta una carcajada.

—Haremos lo que podamos.

—Señoría, hay algo que no sé si procede o no que se lo diga, estoy pensando ahora mismo en ello y no he llegado a razonarlo.

—Di lo que sea, conforme estamos, cualquier idea es buena.

—Dado los pagos, como supongo que son, quizá sería conveniente revisar el trazado de la vía. No sé, puede que a alguien le interesaba alterar algo y comenzó a dar ese dinero.

—Ya tengo a Sandro y a Gino en ello, sí, es otra posibilidad. Lo dicho, Sandra, los ojos y los oídos bien abiertos. Ah, no importa los días que estés ahí, ya nos apañaremos aquí, te llamo o me llamas si surge algo.

Cuando vuelve a la sala, Chiara le ha preparado una copa.

—Bebe tranquila, lleva muy poco alcohol. ¿Crees que debemos decir a mi hija lo que has descubierto?

—Lo que hemos descubierto, su señoría te da las gracias. No, lo sabe él y es suficiente, no hay por qué darle más en qué pensar a tu hija, ya tiene bastante. Ha dicho que me quede más días.

Chiara la mira muy concentrada.

—No está seguro de que no corra peligro, ¿verdad?

—No en ese aspecto. Supongo que piensa que si no encuentra lo que busca, quienquiera que sea, seguirá buscando. ¿El personal es de confianza?

—Sí, absolutamente todos. Algunos, sus padres trabajaban y vivían aquí, ellos lo mismo. De todas formas, me gustaría que hablases con Camillo, solo con él, es el capataz y puede ver más que una lechuza. Él ya sabe que estás aquí, quiero decir, que le he dicho quien eras y se ha ocupado de informar al personal.

«Cometí un enorme error al morir mi marido. Me abrumó el tener que ocuparme yo y contraté a uno para llevarlo todo y gané dinero, pero casi arruina la finca y al final se largó, después de robarme. Mi hija quería que se ocupase Camillo y desde entonces lo hace. Para aprender hay que perder, y eso me ocurrió, porque quién mejor que Camillo que daría su sangre por mi hija y está muy pendiente de todo, pero ya le dirás tú lo que quieras que haga.

—La casa me preocupa mucho, está siempre abierta y hay muchas puertas y recovecos; esas escaleras que de pronto te encuentras, son perfectas para acceder sin ser vistos, por el día cualquiera puede entrar sin que nos enteremos. Supongo que la alarma la pondrán por la noche, ¿cubre todas las entradas?

—En teoría sí, hace mucho que la instalaron, pero vienen una vez al año a comprobar que funciona.

—¿En la caja fuerte todo lo que hay es tuyo? Quiero decir, ¿Antonella no guarda nada ahí?

—No, qué podría guardar. Mi hija no ha tenido nunca afán por dinero ni por joyas, las pocas que tiene, se las he regalado yo y siempre buscando que fuese algo muy discreto para que no lo rechazara. Habrá que cambiar de tema, ya vuelven. Diré a Camillo que busque la ocasión de hablar contigo, será más sencillo.

La velada contando Grazia de todo lo que ha hecho las ha llevado a estar distraídas hasta más de las dos de la madrugada. Por lo que Chiara no propone salir a dar la galopada al amanecer como acostumbra. Pero Sandra sí sale a esa hora, ha ido al establo y se entretiene por la puerta como esperando y poco espera, Camillo ya viene a su encuentro.

—Buenos días, la señora Sandra, supongo. ¿Le ensillo un caballo?

Ella le da la mano.

—Buenos días, solo Sandra, por favor, porque supongo que es usted Camillo. Sí, ensille un caballo, por favor, y daré una vuelta. Gracias, por atenderme. No lo tenemos fácil, Camillo; esto, la casa sobre todo, es enorme y con muchas puertas siempre abiertas. Tenemos que tener todos ojos en el cogote. ¿Dispone de algún hombre que de manera discreta pueda hacer labores de vigilancia?

Camillo ha comenzado a ensillar uno de los caballos, el mismo que montó ayer.

—Si no lo tuviera lo buscaría debajo de las piedras. Mande usted lo que quiera.

—Por un lado quiero controlar, que haya vigilancia; por otro, no llamar la atención de terceros y, para terminar, me gustaría que Antonella estuviera tranquila, de momento no quiero que se entere de que cabe la posibilidad de que alguien se atreva a venir aquí. ¿Qué le parece?

—Que si algún malnacido se acerca, lo mínimo que se llevará es una perdigonada.

—Nada de violencia Camillo, al final, saldría usted perjudicado.

Ya ha terminado y salen los dos a la puerta del establo, donde hay un par de escalones para facilitar el montar sin esfuerzo, allí se detienen. La mira, hasta ahora estaba pendiente de lo que hacía.

—Mire lo que le digo, yo he visto crecer a esa niña, para mí es familia, y no dejaré que nadie le haga daño ni de lejos. Si tuviera al marido delante, ahora mismo le rompía la cabeza. Si él tenía un problema, haber sacado los cojones para solucionarlo. Ahora qué, está muerto y le deja el problema a ella. Eso no lo hace un hombre de bien, ni una mujer. Ella no lo hubiera hecho nunca, claro que no sé cómo lo educaron a él, pero a ella sí, su madre la educó a base de bien.

—¿Usted llegó a conocer al marido?

—Solo vino una vez y uno no puede fiar de las apariencias, aunque en eso fiamos casi siempre. Qué quiere que le diga, lo vi andar arriba y abajo como alma en pena. Me dio la mano, lo encontré sentado mirando las nubes o los pájaros, no lo sé, lo saludé. Bueno, me presenté, le dije algo así como: soy Camillo, a su disposición. Y respondió con buenos modales, me dio la mano como ya he dicho, y dijo, mucho gusto. Y nada más, él se fue hacia un lado y yo hacia el otro. Ya no volvió más. Y eso no me gustó.

«Antonella es de esto, de cabalgar, de andar aunque llueva, le gusta mucho oler el campo cuando llueve. Ver a los animales, se interesa por todo, más aún, por el personal; conoce a todos, tiene buena relación. Ella siente esto muy adentro, ya lo creo que sí. Que su marido no volviera nunca cuando ella es de venir, no todos los meses, pero muy a menudo. No me decía nada bueno de él. A mí no me gusta el mar, pisar la arena me pone nervioso, pero voy porque le gusta a mi mujer. Él ni por eso. La señora tenía razón, no era un hombre para Antonella, y bien que lo ha demostrado haciendo esa cobardía. Bueno, vaya usted a lo suyo y yo iré a lo mío.

«Tengo tres que podré dejar de ronda, jóvenes, ligeros de piernas y espabilados. Y yo mismo. ¿Cree que será suficiente? Bueno, espere. Diré a dos más que anden con los ojos abiertos por los caminos. Esto es muy grande, enorme, no sé si tiene usted idea, son miles de hectáreas, pero caminos por los que se pueda circular solo hay cuatro. Controlar el campo es imposible, así que si quieren pueden acceder campo a través, incluso con vehículo. Pero pienso que son demasiados kilómetros y no lo harán. Así que, lo dicho, vigilaremos los caminos.

—Sí, de acuerdo, confío en usted.

—Oiga, una cosa, y perdone que se lo pregunte; usted es muy joven, pero tiene autoridad, ¿no? Me explico, si cogemos a alguien, usted puede encerrarlo o lo que sea.

Sandra se esfuerza para no reír.

—Sí, Camillo, puedo encerrarlo, el tiempo ya depende de un juez.

—Ya, señora, eso lo entiendo. Bueno, usted perdone, solo quería saberlo. Gracias.

—Gracias a usted, Camillo.

Mientras cabalga va pensado en Camillo y en lo que ha dicho sobre las apariencias y murmura en sus adentros:

"Confío en ti, buen Camillo, para ganar esta guerra".

A pie o a caballo, Sandra ha pasado el día por fuera, acudiendo solo a la hora de la comida y de la cena. Grazia se ha marchado nada más cenar y están sentadas al fresco en la parte de atrás que da a la piscina y lo que llaman jardín, que es un amplio espacio verde que nada tiene que ver con el césped y pequeños arbustos silvestres y algunos de los árboles de baladre y buganvilla que parecen típicos de la finca. Antonella lleva rato callada y su madre mirándola de reojo. Sandra se ha dado cuenta, pero no sabe si han discutido o qué es lo que ocurre. Cuando la sorprende Antonella.

—Sandra, ¿a qué vienen tus idas y venidas?

—Perdón, ¿a qué te refieres?

—A que no has parado en casa más que para comer.

Esboza media sonrisa y trata de justificarse.

—Sí, es cierto, esto es precioso y he querido aprovechar para verlo; al mismo tiempo, por dejar que tuvieras algo de privacidad con Grazia.

Antonella se levanta y se sirve una copa, con el gesto le pregunta si quiere y ella niega con la cabeza. Ve de refilón a Chiara como expectante. Antonella vuelve a sentarse y ya es obvio que está por lo menos irritada, por lo seria.

—No ningunees mi capacidad de observación, Sandra, por favor.

Chiara interviene.

—Antonella, por favor, a qué viene eso.

—Esta vez no va contigo, mamá, por lo menos de momento. Te diré lo que he visto, Sandra. Una conversación con Camillo, que para nada ha sido ligera y su cara no era de estar feliz; tras la cual, has salido a caballo, pero no para dar una galopada. Mirando a todos los lados, sin recrearte en lo precioso del paisaje.

«¿No sabes que duermo poco, bien poco? Los sentidos se agudizan cuando duermes poco, puede que andes torpe, pero la mente se acelera. Has estado haciendo guardia todo el día. Pero no solo tú, tres hombres han pasado el día dando vueltas a la casa, discretamente, todo hay que decirlo. Pero yo conozco a los hombres y sé cual es el cometido de cada uno y más siendo domingo que solo trabajan los imprescindibles. Quiero que me digas, ¿por qué todo eso?

Sandra suelta el aire que estaba reteniendo, se levanta y con una sonrisa.

—Creo que ahora me vendrá bien una copa. Ha sido mi decisión no decirte nada, por no preocuparte. Tu madre está al corriente porque gracias a ella hemos descubierto...

Con toda tranquilidad la pone al corriente, incluso de lo hablado con el juez.

—Así que eso es lo que hay, estaré aquí mientras su señoría lo considere.

Te pido disculpas, a veces, con la mejor intención cometemos errores.

—No, soy yo la que te debo una disculpa, sobre todo por mi tono. Perdona, tú estás cumpliendo con tu deber y yo me he cabreado como una estúpida. Seguro que estás preocupada por lo complicado que es controlar esta casa. Ideal para jugar al escondite, pero una pesadilla guardarla.

—Sí, pero ya que estás al tanto, podemos facilitarnos la tarea.

—¿De qué manera?

Ha preguntado Chiara.

—Cerrando aquellas puertas que no sea imprescindible que estén abiertas, aún a costa de tener que dar una vuelta o las que sean. Ahora podemos salir y entrar por cualquier lado, sin que nadie nos vea. Hay que limitar al máximo el acceso. Chiara tendrás que hablar con el personal. Y ahora mismo podemos iniciar eso. Aquí estamos de maravilla, pero eso supone que no podemos poner la alarma. La copa la tomaremos en la sala y hay que advertir al personal de que se va a poner y antes, quien tenga que salir o entrar que lo haga. ¿Cuánta gente duerme en la casa o en la finca?

—En la casa solo seis, además de nosotras, claro. Camillo y su mujer tienen la vivienda junto a la quesería. La forman los tres *trulli* que están a la derecha. A la izquierda, la vivienda que hay, que imita un gran *trullo,* pero no lo es, está ocupada por Adriano y su familia, cinco en total y todos trabajan en la quesería. A Davide, ya lo conoces, lo viste ayer, es el muchacho que atiende los caballos. Lo adoptó Camillo legalmente, ya mayorcito, es su hijo, come y cena con ellos, pero desde hace un tiempo vive en el *trullo* que hay al fondo del jardín, desde aquí no se ve, se llega por esa senda. Los hombres que vigilan las vacas por la noche, que son cuatro, tienen allí una estancia para descansar durante la guardia. Eso es todo.

—Perdona, mamá, has olvidado a los pastores.

—Sí, no los he mencionado, pero no por olvidarlos, si no por no vivir en este entorno. Hay dos familias, son los pastores de las ovejas y cabras. Viven aislados, cerca de donde tenemos los corrales. Son los más independientes. Y ya puestos a decir, el resto de personal vive en el pueblo o en sus aledaños.

«Bien, voy a hablarles y vosotras id entrando. Antonella llama a Camillo y dile que estás ya al corriente y lo que hemos pensado. Dormirá más tranquilo.

Al día siguiente, Sandra, ya sin tener que disimular nada, revisa concienzudamente todas las puertas. Incluso ha subido al torreón y desde allí, con unos prismáticos de largo alcance controla el entorno. Llega Camillo.

—Buenos días, señora Sandra.

—Hola, Camillo, deje lo de señora, por favor, solo Sandra.

—Bien, lo que usted diga. Esto que está haciendo, puede hacerlo uno de los muchachos. Ahora que están las puertas la mayoría cerradas y ya no es necesario que estén dando vueltas, puedo mandar a uno que se ocupe y ya lo he hecho. Aquí rara vez subimos, no tenemos buen recuerdo, solo por controlar las placas solares de vez en cuando, de eso se ocupa Francesco, y a él le he dicho que suba porque no se le escapa una. Es una buena atalaya, así lo decía don Marco, el señor, el marido de la señora.

Sandra entrecierra los ojos, tiene ante sí a un hombre de aspecto rudo y sano, no muy alto, pero fuerte. Aunque lo que más le gusta de él es su gesto noble, alguien en quien poder confiar de verdad.

—Sí lo es, una atalaya perfecta. De acuerdo, Camillo, que venga el tal Francesco, pero si es posible, que no sea por todo el día; esto puede agotar más que el trabajo que de normal haga, por lo aburrido.

—No lo había pensado, pero así lo haremos, aunque él es capaz de aguantar lo que le echen. Ya debe de estar al llegar, y quiero que hable usted con él. Ah, la señora ha salido a caballo, pero Antonella acaba de levantarse y como le he comentado, ha dicho que baje, quiere hablar con usted, y también que el desayuno ya está. Aquí tenemos a Francesco. Le da usted las instrucciones que quiera, voy bajando.

Antonella está desayunando o esperando para desayunar con ella porque no ha empezado. Sandra se sienta.

—Hola, no has salido con tu madre, ¿has dormido mal?

—No sé si he dormido algo, me levanto agotada por pasar la noche tratando de pensar en otra cosa y no ver lo que me viene a la mente. Pero creo que esta vez ha valido la pena que no durmiera. Sandra, mi marido tenía su parte oscura, pero era muy claro en otros aspectos. Dijiste que habías pensado en un posible pago por hacer algo ilegal en su trabajo. No, de eso estoy segura, Giacinto jamás haría algo así, el trabajo era sagrado para él. Y dando vueltas y vueltas, aunque no quieres que las dé, he llegado a una conclusión que me ha hecho vomitar a las cuatro de la madrugada. Por lo inapropiada, quizá debida a mi animadversión hacia ese hombre y a la familia en general, desde que pienso que al no tratar de dar solución al problema en su momento ha ocurrido todo.

—También ahora estás dando vueltas, ¿te da miedo decirlo? Estamos solas y lo que puedas decir, si no tiene sentido, quedará entre nosotras. No voy a culparte por pensar mal de nadie, en mi trabajo pensamos mal de mucha gente inocente antes de encontrar al culpable.

—Gracias, eso me hace sentir algo mejor. No sé cuándo fue, pero me ha venido a la mente la muerte de su hermano y he pensado que Giancarlo o la familia, le hayan ido dando ese dinero para que le atendiese un psicólogo o psiquiatra, ya que él se sentía culpable sin serlo.

Sandra se levanta sin responder, solo dice.

—Disculpa un momento, por favor.

La ve hablando por teléfono por fuera, ha pasado bastante rato y cuando vuelve y antes de que se siente, Antonella llama a Bianca, que es quien suele atender las comidas.

—Bianca, perdona, el café está ya frío; por favor, trae otro para Sandra y también para mí, necesito despertar sin haber dormido.

Bianca, retira la cafetera, pero antes se inclina y la besa en la frente.

—Bebe el zumo, cariño, por favor, y come, estás cada vez más delgada. Enseguida os lo traigo.

Sandra sonríe.

—Se nota lo mucho que te quiere.

—Sí, a Bianca la trajo mi madre cuando se casó, era una cría, aún iba a la escuela. Sus padres trabajaban en la casa de un vecino del abuelo, vivían cerca, en una vivienda con muy poco espacio para los que eran y con escasos recursos. La trajo ya con idea de que fuese mi tata, sin saber si yo nacería o no, y aquí está. Sigue siendo mi tata, la adoro. Anoche me oyó vomitar, su habitación está al lado de la mía. Al momento la tenía allí. Tendré que volver al piso y tratar de vivir, pero no sé cómo podré sobrellevar esto sola. Tengo que esforzarme más, aquí estoy muy arropada y allí algo con Paola, pero debo ser yo la que haga por salir adelante.

—Lo harás, estoy segura. He llamado a mi jefe, a su señoría. Y le he comentado lo que has dicho. Van a confirmar fechas y a controlar las cuentas de la familia de tu marido. Si fuese así, quiero decir, si lo han dado ellos a lo largo de los años, es evidente que no ha gastado de ese dinero nada o bien poco. Es decir, si se lo daban para que fuera al psiquiatra, no lo hizo.

«Por cierto, siento decírtelo, pero como prefieres que no te oculte nada te lo digo. Han vuelto a entrar en el piso, esta vez eran dos, pero llevaban la cara cubierta. Primero, en lo que es la entrada de la calle, al parecer llevaban unas máscaras y luego ya en lo que han recogido las cámaras dentro del piso, se les ve con pasamontañas. Así que no tenemos nada, excepto eso, que han vuelto, tal y como pensaba su señoría. Hoy están Sandro y Gino controlando. Esta vez ha sido tu estudio más que otra cosa, lo han puesto patas arriba.

—¡Dios! Pero qué buscan, pensáis que no es el dinero, entonces, qué puede ser. Desde luego nada que yo pueda tener. Mi vida, dejando a Giacinto a un lado, es un libro abierto. Mi madre siempre ha analizado hasta mis suspiros. Cuando venía mal, por llevar en la cabeza ese lado oscuro que él tenía, ella me lo notaba y llegué a decirle que si me seguía pidiendo explicaciones, no vendría; no hubiera dejado de venir, pero algo tenía que decir. A Paola nunca he podido engañarla o no decirle, así que, si me encontraba mal, no iba a verla, le decía que estaba liada. Lo cual le sentaba como un tiro y se enfadaba, por suerte le duraba como un suspiro.

Suena el móvil de Sandra y ve cómo se estremece Antonella.

—Sí, dime.

Sonríe, parece divertida, y para no alarmar a Antonella si vuelve a llamarla, lo pone en silencio.

—¿Qué pasa?

—Nada, que le he dicho a ese chico, a Francesco, que si veía algo fuera de lo normal que me mandase un mensaje y me ha dicho, textual: La señora vuelve a galope. Nada más, qué gracioso.

Antonella palidece y se levanta de inmediato, va hacia el teléfono.

—¿Qué ocurre?

—Mi madre nunca vuelve a galope, no le gusta agotar al caballo. Camillo, algo pasa, mamá vuelve a galope... Sí, ya lo sabe.

Sandra sale corriendo hacia arriba y Antonella va a hacia la puerta. Al momento regresa Sandra y ve que va colocándose la pistola.

—¡Una pistola!

—Soy policía, Antonella, puedo y debo llevarla si hay problemas.

—¡Dios! Ahí llega.

Camillo y Davide se dirigen hacia allí y sujetan al caballo mientras Chiara desciende, ayudada por Camillo, y ya diciendo.

—He visto un vehículo en el cerro, no podía distinguir, pero no es normal que haya ahí un vehículo. Averigua lo que sea Camillo.

—Ahora voy, ¿quiere usted venir, Sandra?

—No, me quedo aquí. Que vaya algún hombre con usted, y no se arriesgue a nada, si puede tome la matricula. Llame con lo que sea. Escuche Camillo, lo más seguro es que ya no esté allí, si ella lo ha visto, también la habrá visto a ella. Mire por el suelo por si hubiera alguna colilla y la recoge, sin tocarla con los dedos, lleve unos guantes y alguna bolsa que esté limpia. Si hay huellas del vehículo, no las pisen.

Antonella ha abrazado a su madre.

—¿Estás bien, mamá, te has asustado?

—No, cariño, para nada, estaba muy lejos para ser una amenaza, pero dada la situación he optado por volver a toda prisa. ¡Davide! Por favor, cielo, deja que ande a su aire mientras lo duchas, no le pongas mucha presión al agua, luego dale un buen cepillado que lo relaje y que coma un par de zanahorias. El pobre Emperador habrá pensado que me había vuelto loca. Sandra, ¿es necesario eso?

Ha señalado con la fusta la pistola que lleva en el costado.

—Espero que no, pero mejor estar preparada. ¿Has podido apreciar qué tipo de vehículo era?

—Diría que un todoterreno de color negro o muy oscuro, pero nada más. Si había alguien no lo he apreciado. Tesoro, por qué no pones algo que me anime un poco. ¡¿No habéis desayunado?!

—Estábamos en ello cuando Francesco ha mandado un mensaje a Sandra diciendo que volvías a galope.

—Y cómo ha podido verme, dónde estaba él, desde su oficina es imposible.

—Está de guardia en la torre. Camillo lo ha mandado para sustituirme y ha sido para bien. Si yo te hubiera visto volver de esa manera no habría dado importancia. De hecho, me he reído cuando él me lo ha dicho; por suerte estaba Antonella que ha comprendido de inmediato.

Bianca trae otra cafetera.

—Espero que esta vez podáis tomar el café tranquilas. ¿Te traigo algo, Chiara?

—No, querida Bianca, ya me ha puesto una copa Antonella. Por favor, que alguien le suba a Francesco a la torre algo para comer y un refresco o lo que tú quieras. Que le diga que estoy bien, que no pasa nada, y que siga así de atento. Sandra, no me gusta verte con la pistola, perdona, lo entiendo y lo siento, quizá he alarmado innecesariamente a todo el mundo.

—Creo que no, han vuelto a entrar en el piso, así que no está de más que aumentemos las precauciones. Antonella ha pensado que el dinero, que pueden ser pagos mensuales o semanales, pudiera ser dado por su familia para que fuese al psiquiatra, pero él no lo hizo y lo fue guardando. Van a controlar las cuentas de sus parientes. Ya veremos si llegamos a algo. Voy a dar un vistazo por fuera y os agradecería que no salierais solas de la casa. Si quieres montar mañana, iré contigo.

—No, mañana seguro que no salgo. Emperador tiene que descansar después del exceso de hoy. Antonella, hija, esa tostada debe de estar ya muy seca, ¿quieres que te traigan otra?

No responde, se limita a negar con la cabeza. Intenta comer y lo deja. Está llorando con la cabeza inclinada. Chiara se levanta y va a su lado. Antonella se coge a ella, pegando la cabeza contra su madre.

—Llora, tesoro, llora lo que quieras, te sentará bien.

Bianca ha entrado para recoger y Chiara niega con la cabeza, por lo que se retira acongojada por ver de esa manera a quien considera casi como hija. Cuando Sandra vuelve aún están en la misma posición y discretamente sale fuera, ve que vuelve Camillo y se acerca.

—¿Se habían ido?

—Sí, pero hemos recogido diez colillas, cuatro de una marca y seis de otra, más algunos botes de cerveza vacíos, también los hemos traído. Creo que por lo menos son dos y han debido de estar bastante rato o han pasado la noche.

—¿Habéis visto alguna huella?

—Sí, sí señora.

—Vamos, Camillo, deja de llamarme señora, me suena fatal. Y tutéame, por favor, yo ya lo estoy haciendo.

—Sí, ya me he dado cuenta. Bueno pues, huellas hay, y a ojo, yo diría que de dos veces. Pero eso es mejor que lo veas tú.

—No solo quiero verlo, voy a coger la cámara y me llevas, tengo que sacar alguna foto lo más precisa posible. Si han dejado todo eso por el suelo, no son gente que sepa bien lo que hace, nadie medio experto en vigilancia hubiese actuado así.

Ella y Camillo han llegado al cerro y él ha podido observar con qué minuciosidad recorría ella todo mientras sacaba diversas fotos. Luego se ha quedado mirando hacia donde supone está la casa.

—No se ve la casa desde aquí, cómo puede ser que ni siquiera veamos el torreón.

—Todo tiene explicación. La casa es una construcción hecha en tiempos en que aún había batallas, de ahí la atalaya, para poder ver al enemigo. Está en una hondonada que no se aprecia si no ves el total desde la distancia. Y eso fue así, porque hay una corriente de agua subterránea y querían aprovechar la ventaja de tener agua sin salir de casa. Habrás visto el pozo que hay en el patio interno, casi al medio de la casa. En realidad, comenzaron a construir con esa referencia. El pozo es de entonces y siempre ha tenido agua. Con el pozo, la despensa y la bodega bien surtidas, más las paredes que tienen en la planta baja un metro de ancho, estaban seguros de que era inexpugnable.

—Si no fuera por la cantidad de puertas que tiene.

—No había tantas, las fueron haciendo con los años, por facilitar el paso, eso me lo contó don Marco. Doña Chiara educaba a su hija, y él me educaba a mí contándome historias. No era hombre de andar por ahí, quiero decir, apenas salía fuera de sus tierras. Lo poco que lo hacía era por Antonella, porque viera alguna ciudad o cualquier cosa,

A veces pienso que era como un señor feudal, pero en bueno, porque siempre trató bien a la gente y hablaba con todos, era de mucho leer y andar por la finca, nada más necesitaba.

—Le tenías mucho aprecio, ¿no?

—Ya lo creo que sí. Mira, esa gente ni son expertos ni conocen el terreno, por eso han venido al cerro. Pero el mejor lugar para vigilar la casa por delante desde lejos, está por allá. Que puede parecer más lejos y así es, pero hay una vaguada que permite ver bien. Para verla por detrás hay que dar una vuelta más grande.

—Pues vamos y veremos si han estado por allí.

No hay huellas de vehículo alguno, aun así, Sandra recorre la zona con suma atención. De pronto se detiene.

—¡¡Hijos de... Vamos, Camillo, vamos!

—Qué pasa, qué.

—Creo que están en la casa, yo conduzco.

Camillo no ha llegado a ver, porque iba por el otro lado y ahora bastante hace con cogerse cómo puede porque Sandra conduce por el camino de tierra como si fuese por un circuito mientras masculla.

—Cómo he sido tan torpe, maldita sea, cómo he podido dejarlas solas, ahora ni guardia hay en las puertas, y Francesco solo nada puede hacer.

Camillo parece que ni respira mirándola de reojo. A pesar de su acelerado conducir, ha reaccionado con precisa atención a lo que debe hacer y comienza a mandar a Camillo.

—Dejaremos el coche antes de llegar, cruzado en el camino, con los muros de los lados no podrán escapar. Piensa en qué lugar es más adecuado para que no se vea y pueda estorbar si intentan marcharse, que no sea cerca para que no nos oigan llegar. Yo iré directa, tú busca algunos hombres que puedan echar una mano aunque sea a pedradas. Ah, llama a la policía, pero tardarán y nosotros no podemos esperar. Dijiste algo de perdigones, ¿tienes la escopeta a mano?

—Esa la llevo aquí siempre, pero tengo un rifle que me regaló don Marco, está en mi casa.

—No, solo la de perdigones y si tuvieras que disparar, procura que sea a las piernas. Qué tal puntería tienes.

—Buena, ya, ahí, para ahora. Son casi dos kilómetros, pero es el mejor punto porque el repecho impide ver, incluso oír si no hay viento del norte y hoy no lo hay. Voy llamando a los hombres, oye, ten cuidado.

Como una flecha avanza Sandra, por el olivar, tras comprobar su pistola, ya en la mano. En estos momentos no hay rabia ni tensión en ella, fría, tal y como ha sido entrenada para casos extremos. Ella y su hermano hicieron un curso que solo los policías de élite realizan. No lo necesitan en su cometido, pero hoy, todo lo aprendido le está sirviendo.

Ha llegado al establo y desde allí ve que hay uno de guardia junto a la puerta de la casa mirando a un lado y otro. Un ligero siseo la hace girar, es

Davide con una horca en las manos y habla susurrando.

—He mandado un mensaje a la policía, no me quedaba batería y no he llamado a nadie más, lo he apagado por si acaso sonaba, así que no sé si lo han leído. Llevan ahí casi todo el rato porque apenas se fueron ustedes llegaron. Han registrado todo, pero yo estaba cepillando a Emperador y al darme cuenta he subido al pajar, no me han visto. Yo puedo ir por la cocina, esa puerta está abierta, he visto que sacaban a Leonora, es la cocinera, a las tres chicas y a mi madre, suelen almorzar juntas, las han vuelto a entrar por la puerta principal. No me he atrevido a ir teniendo solo esto. Esperaba que ese entrase, para acercarme y pinchar las ruedas. Andando agachado junto a las chumberas puedo llegar fácilmente.

—No, nada de eso. Has hecho bien en no moverte, gracias, Davide. Camillo está al llegar, tú espera aquí y lo informas. ¿Sabes cuántos son?

—He visto tres y ese de la puerta, pero no sé si habrá alguno más, y sé que Francesco no estaba en la torre cuando han llegado. Seguro que los ha visto y habrá bajado, estará escondido esperando una oportunidad o a que llegue alguien, lo que he hecho yo. Francesco no tiene miedo a nada.

Mira su móvil y de nuevo maldice entre dientes. Como lo ha dejado en silencio, con el traqueteo del vehículo no ha notado que vibrara. Hay tres mensajes de Francesco: "Están aquí"."Avisada policía". "Estoy en el cuarto de las botas, espero órdenes".

—¿Dónde está el cuarto de las botas?

—Debajo de la escalera de servicio, si va desde la cocina, que no puede ir por otra parte, es fácil llegar, la primera puerta a la derecha, queda muy escondida.

Sigilosa y rápida logra llegar a la cocina, comprueba que no hay nadie y entra, al poco, abre despacio donde está el joven. Pone un dedo en sus labios. Francesco, que tenía un mazo en alto, lo baja y asiente. Los dos como si hubiesen entrenado juntos, con señas se entienden. Francesco le ha hecho un gesto para ir delante, le deja, conoce mejor la casa. El personal está en la sala con uno de guardia. Que se mueve a un lado y otro jugueteando con una pistola. Sandra, sin hablar, le dice que entre haciendo gesto de bobo y moviéndose mal. Francesco sonríe al verla contorsionarse y haciendo muecas. Así lo hace, ella está en el otro lado. En cuanto Francesco entra haciendo su actuación, el tipo de la pistola se queda mirándolo extrañado y apuntándolo.

—¿Eh, payaso, de dónde sales tú?

Francesco como si no entendiera, sigue con sus gestos, el tipo avanza hacia él y justo en ese momento, Sandra le apunta por detrás en la nuca.

—Di una palabra y te dejo frito, despacio y de rodillas deja el arma en el suelo, soy policía.

Ha obedecido y Francesco se apresura a coger la pistola. Sandra ha mandado silencio con un gesto al personal, las cinco mujeres. Solo a las dos más jóvenes conoce de vista.

—Quítale los cordones y átalo.

Se queda mirando la pistola y sonríe, entiende la poca resistencia, es de pega.

—Ahora llama a tu compañero de la puerta, sin alzar la voz, con naturalidad y sin trampas, porque tengo mucho cabreo y a ti te tengo a tiro.

Su voz, aún siendo baja, suena fría, metálica. El tipo obedece y en cuanto entra el otro le hace la misma maniobra, lo encañona por detrás y es Francesco quien lo registra, no lleva armas. Lo atan, y a los dos les pone una servilleta dentro de la boca.

—Salid de aquí, id a la cocina sin hacer ruido. Camillo llegará por ahí. ¿Están arriba?

Responde la más joven, parece la más entera, aunque excitada.

—Sí, con las dos y Bianca, pero uno lleva un rifle que parece del ejército, y el otro una pistola que no era como esa.

Asiente y le dice a Francesco que vaya con ellas.

—De eso nada, espera un momento.

Abre un armario que está junto al bar, tiene copas colgadas, pero es una doble puerta, tras ella hay varios rifles que no son precisamente de perdigones.

—No puedo permitirlo, Francesco, podrías salir malparado porque te dieran o por dar.

—Eso no pasará. Tú eres policía y es tu trabajo decir lo que has dicho, pero Bianca es mi madre y ellas mi familia. Tengo que defenderlas a las tres y lo haré quieras o no.

Tras cargar uno de los rifles, los dos se dirigen hacia arriba, ella delante. Al ir avanzando oyen una voz amenazando, es en la habitación de Antonella y la puerta está abierta. La entrada es como una sala alargada y no ven si están a un lado o al otro, avanzan por ella. Se detiene Sandra para orientarse y oyen a la misma voz.

—Escucha bien lo que te digo, ¡estúpida! ya hemos perdido demasiado tiempo, o nos das las fotos o le pego un tiro a la vieja.

Es Antonella la que responde con mucha fuerza a pesar de la situación.

—No puedo darle lo que no sé qué es ni dónde pueda estar, déjelas marchar, por favor, si yo no sé nada, ellas menos. Esto es una locura...

—¡Cállate! ¡Puta de mierda!

Se ha oído un claro chasquido que parece una bofetada y el golpe de un cuerpo que cae. Eso le ha permitido orientarse mejor. Sandra no lo duda, entra de improviso sin esperar más.

—¡Policía, suelte el arma!

Lo que hace el hombre es tratar de defenderse, lleva la pistola en la mano, pero ella ya no le da tiempo, porque ha saltado hacia él golpeándolo con su cabeza en el pecho, al tiempo que le cogía el brazo y el tiro ha dado en el techo. Francesco al ver que falta el otro y sin preocuparse por cómo le vaya a Sandra sale con el rifle por delante. Pero el tipo que faltaba ya baja por la escalera corriendo, sin saber que Camillo ya ha llegado junto con varios hombres, Davide incluido con la horca.

—No corras tanto canalla o te reviento la cabeza como a un conejo. Suelta ese rifle que de poco te va a servir, la caballería está llegando.

En efecto, se oyen varias sirenas a lo lejos.

Mientras tanto, Sandra mantiene una pelea cuerpo a cuerpo con el tipo que parece un hueso duro de roer, han rodado los dos por el suelo y ambos han perdido las pistolas. Él ha sacado un cuchillo y ha conseguido herirla. Pero ella se defiende como si nada le hubiese hecho. Francesco, que ha vuelto, se queda mirando asombrado aunque preparado por si tiene que disparar. La ve intercambiando golpes a una velocidad increíble.

—¡Ya me has hartado, hijo de puta!

Como un rugido ha sonado lo dicho por Sandra, acompañado de un salto hacia arriba, y tal golpe le ha dado en el rostro que lo deja sin sentido. Recoge su arma y la del tipo, que en este caso sí es real, resoplando y sin preocuparse por su brazo que le sangra. Tanto Chiara como Bianca, las dos de rodillas, están intentando parar la hemorragia nasal de Antonella que está caída en el suelo.

—Voy a por hielo, hijo, ¿puedo bajar?

—Ya lo traigo yo, mamá. ¡Jo, Sandra! Espero no enfrentarme nunca a ti.

—En cambio, a mí me gustaría llevarte conmigo, sin tu ayuda no hubiera sido posible. ¿Cómo estás, Antonella, cómo estáis todas?

—No sé cómo estoy, muy aturdida.

—Solo la ha golpeado a ella, pero creo que necesitamos una copa las tres y tú también, debes de estar hecha polvo. ¿Ha llegado la policía? Oía las sirenas, pero ya no.

—Sí, Chiara, los ha avisado Davide y también Camillo y Francesco. Voy a dar la cara, no toquéis nada, por favor, hay que sacar las huellas y evaluar lo que han hecho. No creo que despierte en un buen rato, pero voy a asegurarme.

Le ha quitado los cordones y le está atando las manos a la espalda cuando entra Camillo con un policía municipal, que se cuadra frente a ella.

—A sus órdenes, ya me ha dicho Camillo. Le pondré las esposas, si le parece bien, esto por lo visto es la marca de la casa, no está mal pensado. ¡Está usted herida! y Antonella también, ¡por la Virgen! ¡Los malnacidos!, pero qué chusma es esta.

—Es largo de contar, y no tengo que hacerlo yo, perdone, voy a llamar al juez que lleva el caso para que decida él o mande lo que sea. Ah, por favor, llamen a un médico para atender a Antonella, además de la hemorragia nasal, le está supurando el oído. Lo mío no tiene importancia.

La policía se ha marchado porque ella no ha permitido que tocasen nada, ni interrogasen a nadie, solo que se llevasen a los detenidos, el vehículo y las armas. A la espera del juez Gallo que ha dicho que iba a venir y que así lo hicieran.

Apenas se han repuesto cuando se oye un helicóptero. Sandra sale y sonríe.

—Tranquilas, es mi jefe.

No solo su jefe, también Sandro y Gino con el equipo necesario para las huellas. Sandro la abraza y Gino le da un toque en la barbilla. El juez Gallo le sonríe, dándole la mano.

—Parece que has hecho una buena redada, y por lo visto hasta te han zurrado a base de bien, claro que, como siempre has ganado tú. Aparte de lo que está a la vista, ¿tienes alguna otra contusión?

—No he querido ir a que me hicieran una radiografía, el médico cree que tengo una costilla rota y debe de ser verdad, por lo que duele, pero ya llevo un protector. Quien ha recibido auténticos golpes es Antonella, además del susto para todas.

Entra y como si ya la conociera, se dirige a Chiara, inclina la cabeza.

—Señora, creo no equivocarme si pienso que es usted la madre de Antonella, se parece mucho. Lamento profundamente lo que ha ocurrido. Pensé que alguien podría querer buscar aquí lo que no logró encontrar en el piso de su hija, pero no que fueran hasta el extremo que han ido. Mis disculpas por no haber atendido mejor su seguridad.

—Nos ha dejado usted a una profesional como la copa de un pino, qué más podría haber hecho. Le estoy muy agradecida, Sandra ha evitado que siguiera ese monstruo golpeando a mi hija o quizá algo más, arriesgando su propia vida; merece una medalla, y espero que se la den. Mi agradecimiento lo tendrá mientras viva.

Ahora el juez sonríe y coge la mano de Chiara y se la besa.

—Encantado de conocerla, doña Chiara, me habían dicho que valía la pena ver la finca y más a usted, y es cierto. Ahora, perdone. Antonella, no voy a repetir mis disculpas, sabe que lo lamento profundamente. ¿Cómo se encuentra?

—Si no fuera por los golpes, podría pensar que lo he soñado, tan rápido y alucinante ha sido. Pero estoy muy dolorida y algo sorda, nada que no tenga solución, gracias, sobre todo a Sandra, y a todos los demás.

Sandro y Gino se han encargado de hacer las preguntas pertinentes para completar el informe de Sandra y también de recoger las huellas. El juez, tras dar las gracias a todos por su colaboración ha aceptado comer con ellas, pero se ha marchado. Vuelve tras haber estado en el pueblo interrogando a los detenidos. Es ya en la sobremesa cuando Chiara pregunta.

—¿Quién es esa gente? Puede decirnos algo Armando.

—Gente de mal vivir, doña Chiara; menos uno, todos están fichados por robo, estafa, tráfico y alguna cosa más. No son delincuentes importantes ni de grandes despropósitos. Seguro que esto es lo más gordo que han hecho en su vida y les caerán no pocos años. Han declarado todos lo mismo, alguien les contrató por teléfono, pagó la mitad por adelantado, dejando el dinero en una papelera, y el resto al acabar el trabajo. En ningún momento lo han visto, no saben quién es ni tienen idea de nada. Volveremos a interrogarlos, pero creo que han dicho lo que saben. Han cometido su mayor delito totalmente a ciegas, deslumbrados por los cien mil euros que les había prometido, quién sea, no lo sabemos.

Interviene Sandra.

—Señoría, buscaban fotos, qué fotos, lo han aclarado.

—Sí, fotos, pero sin aclarar nada. Lo siento, Sandra, no tenemos más, y por hoy hemos tenido todos bastante. Tengo que dejarlas. Señora, gracias por dar de comer al hambriento, a los varios hambrientos. Sandra te quedas aquí, ahora ni de servicio ni de vacaciones, de baja. He hablado con el doctor que te ha atendido, ha venido para atender al que has zurrado, un tipo muy duro por lo visto. Le has roto la nariz y dos dedos, eso a falta de una exploración mayor. En cuanto a ti, mañana irás a que te hagan la radiografía. Ha dicho que si no está rota, si solo es una fisura, con una semana de reposo estará resuelta, entonces te hará otra y si estás bien, volverás al trabajo, y si no, seguirás aquí. Si a doña Chiara le parece bien.

—Por mí perfecto, estaré encantada de ser yo quien ahora la cuide a ella.

—Confío en usted para que la vigile, no es de estar quieta, y si vuelve a casa, no hay nadie para vigilarla ni para cuidarla. Es todo lo buena que parece o más, pero también una insubordinada o una rebelde sin causa.

4

A la mañana siguiente, aún está en la cama Sandra, cuando entra Bianca con una bandeja con el desayuno.

—Buenos días. Has obedecido, temía que te hubieras levantado ya.

—Hola, buenos días, lo hubiera hecho, pero parece que me duele todo más que ayer.

—Es normal, los golpes cuando se enfrían duelen más que calientes. Chiara ha dicho que sigas en la cama, luego vendrá ella a darte una friega con una de sus pócimas y más tarde te llevará a que te hagan la placa o lo que sea. Ahora está con Antonella. Vamos, quiero ver que comes con apetito. Eres nuestra heroína; viéndote, quién diría la fuerza que tienes y lo que haces luchando. Ese hombre era un auténtico armario y sabía también lo suyo de lucha, pero tú sabías más, gracias a Dios, y lograste derrotarlo. El bien venció al mal, como debe ser. Mi hijo no ceja de hablar de cómo lo golpeaste. Lo tienes fascinado.

—Sin su ayuda poco hubiera podido hacer, es un chico excelente, estarás muy orgullosa de él. No sabía que era tu hijo, creía que no estabas casada y seguías siendo la tata de Antonella.

Bianca ríe feliz.

—Come, antes de que se enfríe. Sí, soy su tata y lo seré hasta el día que me muera, siento pasión por ella. Cuando nació, me sentí como si fuese su madre, hizo nacer en mí el instinto materno desde el primer momento que la cogí en brazos. Era y es mi niña adorada. Antonella es en apariencia a veces como un higo chumbo, muestra sus espinas, sobre todo a su madre. Pero al igual que esa fruta tiene muchas virtudes, y es tan dulce como la miel, con la ventaja de que no empalaga y en el caso del higo, ni engorda. Es muy importante para mí. Más aún lo es mi hijo, desde luego, y sí estoy muy orgullosa de él; es mi bien más preciado, y no estoy casada, no lo he estado nunca.

«Esta es mi casa y mi familia. Cuando Chiara se casó y vino a vivir aquí, yo tenía solo doce años, pero me dijo si quería venir con ella y con ella me vine. Para mí, ya entonces, era mi referente, como pueda serlo una hermana mayor a la que admiras y quieres. Tenía una hermana mayor, pero no me entendía con ella, a decir verdad, con nadie de la familia me entendía. En cambio, con Chiara hubiera ido al fin del mundo. Tengo cincuenta años y no me he movido de aquí, salvo unos pocos días al año que voy a la playa; porque me gusta mucho el mar, pero sin ir lejos, cerquita; no necesito ver otros mundos para ser feliz. Sin alejarte mucho de Ostuni hay playas preciosas, nunca voy más allá. La finca es un paraíso al que solo le falta un poquito de mar. ¿Te gustan los higos chumbos?

—No los he probado nunca.

—¿Cómo es posible? Hoy los pondremos de postre. Tienen eso que está tan de moda ahora, omega 3 y 6, además de vitamina C, calcio, minerales y no sé cuántas cosas más. Te vendrá bien recuperar la energía que derrochaste ayer. Ya te dejo, no te levantes, vendrá Chiara a darte la friega.

Sorprendida por lo que ha oído, le hace gracia la comparación que ha hecho de Antonella con el higo chumbo. Pensando en ello se queda adormilada y así la encuentra Chiara, que la despierta rozando apenas su frente.

—Buenos días, querida Sandra, cómo te encuentras.

—No parece mi cuerpo, lo tengo resentido.

—Ya imagino, lo tengo yo y solo fui testigo de los golpes que le dio a mi hija, que me dolían como si los recibiera yo; también me sobrecogí sobremanera con los que te dio a ti ese animal, temí que te partiera en dos. Ve a darte una ducha ligera y luego te daré la friega.

Casi la hora ha estado, mientras susurraba una melodía musical, masajeando con toda delicadeza su cuerpo con algo parecido a un aceite, y en la parte en la que siente el dolor por la costilla le ha puesto de otro tipo.

—Ahora espera una media hora para vestirte. Mientras, me prepararé yo, y cuando bajes, iremos a que te hagan la radiografía. Por estar tranquilas más que nada, y porque lo mandó Armando. Me gustó mucho ese hombre, es realmente encantador. ¿Estás triste Sandra? No sé qué veo en tu mirada.

—No, estoy emocionada, nadie me ha dado un masaje así, ni he desayunado nunca en la cama. Bianca me lo ha traído y ha sido un placer desconocido para mí, como tu masaje con música incluida.

—¿Tu madre nunca te dio el desayuno en la cama?

—No, murió en el parto, tuvieron que hacer la cesárea para que no muriéramos mi hermano y yo, nos salvaron a nosotros, pero a ella no pudieron.

Chiara se inclina, la besa en la frente y desliza los dedos por su mejilla.

—Lo lamento, cariño. ¿Te educó tu padre?

—Sí, sobre todo él; también mi abuelo, pero siempre estaba agobiado de trabajo y poco podía mimarnos.

—Pues yo te mimaré, ahora y siempre, ya que mi hija poco me deja hacerlo, apenas me ha permitido mimarla. Además, te lo mereces, no solo por lo que hiciste ayer, sino por cómo eres. Hizo un buen trabajo tu padre. Te espero abajo.

Han pasado tres días, la costilla solo tenía una fisura y ya no le duele, aunque está convencida de que es gracias al masaje que cada día le da Chiara. Tanto ella como Antonella van recuperándose. Los ungüentos que Chiara les ha puesto en los golpes han sido milagrosos, ni rastro queda de ellos.

Pero está intranquila y tiene que esforzarse para que no se lo noten, sobre todo Chiara, que está siempre muy pendiente de las dos. Sandro la ha llamado todos los días, pero nada le ha dicho aún de la investigación. Lo que sí sabe es que ha salido con Paola, a la que no ha dicho nada. Antonella tampoco ha querido contarle lo sucedido, porque sabe que dejaría el trabajo de inmediato para venir a verla. Hoy se decide y llama al juez Gallo, por saber si han averiguado algo.

—Antes de que digas nada, ¿cómo estás?

—Mucho mejor, señoría, y supongo que podré incorporarme a la semana que viene, es solo fisura lo de la costilla. La herida del brazo me la está curando Chiara, que es experta en farmacología natural.

—Vaya, solo le faltaba eso a esa mujer para ser perfecta. Se le nota que es una señora muy especial. Y cómo está Antonella.

—Bien, físicamente. En lo emocional no sé si tanto, su madre me dijo un día que necesitaba llorar y no lo ha hecho realmente. Tengo la impresión de que está a la espera, lo mismo que yo, y quiero saber. ¿Han controlado las cuentas de la familia?

—Sí, Sandra, lo hemos hecho y no hay ningún movimiento que podamos clasificar como anormal ni relacionar con ese dinero. Puedes decírselo si quieres, por si las tranquiliza algo. Ya me llamas con lo que te diga el médico. Cuídate, o mejor aún, déjate cuidar.

—Sí, lo haré.

Está paseando con Antonella, es el único ejercicio que Chiara le permite, y le comenta lo que ha dicho el juez.

—Eso supone que estamos como al principio, sin saber nada.

—No tanto como eso, los asaltantes están detenidos y, por otro lado, sabemos que eran unas fotos lo que buscaban.

—Sí, claro, pero qué fotos. Nunca nos hicimos fotos, ni siquiera con el móvil. La que él llevaba en la cartera, se la di de las que tenía yo, no sé ni el porqué. Y él lo mismo a mí, aún la llevo en mi cartera, se la hizo para presentar un currículum y es la que copió la policía cuando denuncié su desaparición.

—¿Y de la boda?

—¡La boda! Estás de broma. La boda fue puro formulismo. Me casé por no disgustar más a mi madre, a mí no me hacía falta una boda para vivir con él o él conmigo, puesto que el piso era mío. Mi madre, ahí donde la ves, que parece muy al día de todo y lo está, para ciertas cosas es muy tradicional y no le habría gustado que viviese con él sin estar casada.

«Ella quería que me casara aquí, en nuestra capilla, es donde siempre se ha casado la familia, incluso conocidos han venido a casarse ahí. Hubiera querido hacer una gran fiesta, que vistiera de blanco y todo eso. Para mí y también para Giacinto, eso hubiera sido un agobio sin sentido que para nada deseábamos, ni nos lo planteamos. Así que solo la avisé a ella, ni siquiera a Bianca, estaba esos días en la playa. De la familia de él no vino nadie, no los avisó. Cuando acabamos fuimos a comer los tres, mi madre regresó ese mismo día a casa y nosotros al trabajo al día siguiente.

—¿No hiciste viaje?

—No había nada que celebrar con un viaje. ¿Has visto la capilla?

—No, ¿puedo verla?

—Claro, vamos.

La capilla está un tanto alejada, a resguardo de lo que supone la actividad de la casa, incluso de la finca. Está rodeada de olivos y no hay realmente un camino, se llega andando entre los olivos o por una senda amplia, protegida por un ligero muro de piedra. La puerta tiene la llave puesta. Es de una sola nave, con campana incluida. La estructura es como tantas partes de la casa, abovedada, pero no es visible la piedra. Pared y techo están enlucidos y pintados de blanco. Solo entra la luz exterior dejando la puerta abierta.

Es muy pequeña, el mobiliario escaso, tres reclinatorios y dos rústicos bancos sin respaldo. Los detalles en las paredes son sencillas pinturas, alegorías religiosas, con el detalle escrito debajo. La única figura presidiendo en el centro, tras el altar y en una hornacina en alto, es de la Virgen Dolorosa, una talla del siglo XIII, según consta en latín al pie de la imagen. Hay varias velas encendidas, en candelabros antiguos puestos a lo largo de la pared. Y varias sobre el altar, además de un ramo de margaritas.

De un pequeño armario, Antonella saca dos velas, las coloca sobre el altar y las enciende, tras ello, se ha arrodillado en uno de los reclinatorios y después de hacer la señal de la cruz mirando a la Virgen, une sus manos e inclina la cabeza. Sandra la imita. Apenas han estado cinco minutos. Al salir, le da explicación, dentro las dos han guardado silencio.

—Nunca hacen misa ni nada, salvo en ocasiones muy especiales, como las bodas de la familia; algunos bautizos, a Francesco y a mí nos bautizaron aquí, y también tomamos la comunión. Después ya fue el funeral por mi padre y hace poco por uno de los trabajadores que era muy devoto de la Virgen. Como está abierta, la gente viene y reza o medita. No somos de ir mucho a la iglesia; pero sé que mi madre y Bianca vienen de vez en cuando, seguro que el ramo lo han traído ellas. Yo vengo menos, pero me hace sentir bien, no rezo, solo cierro los ojos y paso un rato.

«Las alegorías son antiguas, del siglo XVII, sin más valor que ese, hechas por un aficionado que trabajó construyéndola. La iglesia la hicieron antes que la casa, pero pusieron solo una cruz de leño de olivo presidiendo el altar. La Dolorosa la compró mi madre, después de morir mi padre. Vamos a darnos un baño, yo puedo nadar, pero tú no debes; así que me solidarizo contigo y solo será entrar y salir para las dos.

Antonella, aunque nada dice, sigue dando vueltas en su mente y hoy, mientras desayunan, le dice lo que ha pensado.

—Dijiste que habían controlado las cuentas, ¿también la consulta de Giancarlo? Su madre presumía de la mucha clientela que tenía. Eso supone ingresos que quizá no estén reflejados en la cuenta.

—Piensas que él está detrás de ese dinero, ¿eres objetiva o te mueve lo mal que te cae?

—Paso la mitad de la noche sin poder dormir, viéndolo, Sandra, y no puedo dejar de pensar que si tenía un trauma y lo hubieran atendido en lo debido, no lo estaría viendo como lo veo. Giancarlo es una mala persona, solo tengo el detalle de cómo trataba a las mujeres de la familia, pero eso era suficiente para mí. No sé qué poder tenía sobre sus padres, porque ellos no eran como él, pero le permitían que se comportara de esa manera. Sobre todo su madre.

«Yo no lo quería a mi marido como quizá deba quererse a tu pareja, pero lo quería, y Giacinto era una buena persona que no merecía acabar así. Nadie merece acabar así aunque sea su decisión. Y bien, no soy objetiva, tienes razón, y puede que en el fondo trate de limpiar mi propia culpa. Si yo, en lugar de esquivarlo cuando lo veía ensimismado en sus oscuros pensamientos, hubiera intentado de alguna manera saber, para poder entenderlo, puede que siguiese vivo. Aunque al final nos hubiésemos divorciado. Disculpa, me voy a ver a Grazia, necesito salir de aquí y quiero contarle todo. Siempre nos hemos contado todo y ahora me siento mal por no haberlo hecho ya. No vendré a comer.

Grazia debe de ser tan de pensar como lo es Antonella, porque ha decidido ir a la consulta de Giancarlo en persona y ver cuánto movimiento hay. A Sandra le parece una imprudencia total y así se lo dice a Antonella.

—Por qué, nadie la conoce, lleva años fuera y no tiene nada que ver con nadie ni nada que ocultar. Necesita hacer una consulta y nada más. Dirá que está de vacaciones y si tiene que dar su dirección no dará la de aquí. No te preocupes, Grazia ha dado la vuelta al mundo como quien dice y la mayor parte sola, ya la oíste. Sabe cómo desenvolverse en cualquier ambiente. La mujer de su padre ha trabajado en distintos países, en las embajadas, es diplomática, y con ella aprendió algo de espía. Grazia ha sido siempre una esponja, aprende de todo lo que ve.

—Ojalá no me lo hubieras dicho, estaré más preocupada. En fin, haced lo que queráis, ya que estáis decididas. Pero tú no te muevas de aquí.

—No te preocupes, no saldré, tengo que escribir un artículo, ayer le prometí a Paola que lo haría.

—¿Le has contado algo?

—No, tiene gente de vacaciones y debe estar allí, si le cuento lo dejará todo por verme. Pero, oye, ella sí me contó a mí, está encantada con tu hermano, están saliendo y algo más. Como la dejé hablar, apenas tuve que hacerlo yo. Espero que no te parezca mal que salgan juntos.

—No, le vendrá bien a Sandro tener a alguien cerca, ya que no estoy yo, y aunque estuviera.

La inactividad lleva a Sandra a caminar para agotarse, charla con el primero que encuentra, con Francesco que es ya íntimo, con Camillo y hasta con el joven Davide, además de las mujeres que atienden en la casa; con Bianca la que más. Estos días, Chiara está más ocupada con el laboratorio, están ultimando detalles para lanzar un producto nuevo, va todos los días y come allí. Antonella ocupada con su artículo. La única que no tiene nada que hacer es ella.

Es más de mitad mañana cuando aparece Grazia sin avisar conduciendo un descapotable eléctrico que la impacta, el otro día era un coche pequeño, pero también eléctrico. La lleva a pensar que Grazia está en esa línea de la ecología, que parece inspirar a Antonella, pero que no todos pueden permitirse.

—¿Qué tal? Como ves estoy sana y salva, además, traigo noticias. ¿Dónde está Antonella?

—Escribiendo un artículo en su habitación.

—Bien, pues te lo digo aunque no esté ella. Sé que no te pareció bien, pero mira, ha dado resultado, y supongo que querrás decirlo a tu jefe. Verás, dando la escusa de que me dolía el pie derecho pedí hora. Me dijeron que dentro de dos meses, insistí, alegando que tenía una cena importante y era necesario que llevase tacones. La persona que me atendía, que parecía hacerse la remolona, dijo que siendo una urgencia vería de hacerme el favor, pero que se pagaba el doble que una consulta normal, ya que era fuera del horario, y tenía que hacerlo en metálico. Yo respondí que aceptaba el precio que fuese y no sé cómo me salió decir: "Buscaré un cajero". Y hasta eso te resuelve la encantadora señora, me dijo que no hacía falta porque había uno al lado de la portería.

Está sonriendo y moviendo los ojos y la boca haciendo gestos como para intrigarla. No es tan guapa como sus amigas, pero tiene una cara agradable y ahora más haciéndose la graciosa, pero Sandra no está para bromas.

—Di lo que sea, Grazia, por favor.

—Doscientos euros la consulta, pero eso no fue todo. Mientras esperaba, me dio por hablar con los siete que había, todos iban de urgencia. Yo me hice la sorprendida, y una señora me aclaró que el doctor Longo tenía una lista de espera muy larga y ella, que iba todos los meses, siempre solicitaba la consulta urgente. Que aunque fuese más cara la compensaba. Otros tres dijeron lo mismo. Tres de los cinco que pagaron delante de mí, lo hicieron con billetes de cien y yo también, pero no los sacados en ese cajero, con los que yo llevaba. Y lo hice así, porque vi que la señora que atendía y cobraba no metía todo en el mismo sitio. Los que yo tenía no eran correlativos, pero sí los que saqué.

—¿Te alivió el pie?

Grazia se echa a reír.

—Mientras estudiaba en Buenos Aires hice teatro con un grupo de amigos, algo aprendí. Le mostré mi pie y le dije que yo era de zapatillas, pero para ir a un evento importante me ponía los tacones con los que me sentía cómoda. Pero que ahora era ponérmelos y dolerme el pie. Me palpó apretando y no me quejé, porque tampoco quería que comenzase a pinchar algo o pedir que sé yo. Insistí en que solo me dolía cuando me ponía el zapato. Me preguntó de cuánto tacón, y respondí que siempre los usaba de aguja de diez centímetros, cuando no he pasado de ocho nunca y llevo años que ni me los pongo. Dijo que era una barbaridad, que todas las mujeres estábamos locas. Me recomendó no pasar de cinco, más una crema y que volviese al mes siguiente. Ya lo sabes todo, subo a ver a Antonella. Ah, por favor, di a Bianca o a quién sea que comeré aquí. Toma, aquí tienes los doscientos que saqué del cajero, por si sirven de prueba para algo. Si me los devuelves, bien y si no también, no pasa nada, ni necesito un recibo.

Le ha dado un sobre, lo coge murmurando un gracias, y pensando que Grazia es menos informal de lo que aparenta.

Lo primero que hace es avisar a Bianca y después va a llamar a su jefe, pero antes mira los billetes. Algo llama su atención, no es tan experta como para decir que son falsos, no puede estar segura, sin embargo, es mucho lo que duda. Le cuenta todo menos eso.

—Aunque sepamos eso, Sandra, no puedo, así a lo pronto, mandar investigar en la consulta, que ya lo había pensado. Necesito una base o indicio más sólido. Tengo pendiente hablar con alguno del fisco, ya te diré. Pero di a esa mujer y lo mismo a Antonella, que dejen que hagamos el trabajo nosotros. No por mucho correr es más corto el recorrido, de todas formas, da las gracias a esa intrépida.

—Hay algo más, señoría. Grazia pagó doscientos euros que ya los llevaba, pero sacó otros doscientos del cajero que le había dicho la persona que la atendió. Los tengo en la mano, y no puedo afirmar que sean falsos, pero tampoco lo contrario, tendría que verlos un experto.

—¿Te dieron esa misma sensación los que había en la mesita?

—No, señoría, llevaba guantes, además, utilicé las pinzas cuando los volví a ver aquí. Estos los he tocado sin guantes; es el tacto lo que me ha llamado la atención.

—Bien, no manosees más esos billetes. Iremos en cuanto podamos, si es posible, mañana a primera hora. Un viaje relámpago, no podré detenerme mucho porque tengo varias cosas programadas.

Nada comenta, por suerte, Grazia es capaz de hablar de mucho y ella se ha limitado a escuchar.

Apenas amanece y ya está levantada, ayer le dijo a Chiara que ya no necesitaba el masaje. Ahora lo lamenta, porque le hubiera venido bien para relajarse, no ha dormido. La posibilidad de que los billetes sean falsos y que puedan serlo los que guardó Giacinto, la ha desconcertado tanto que ya ni es capaz de pensar, tanto ha pensado. Va paseando de un lado a otro y se detiene mirando el *trullo* donde vive Davide. Al parecer, él la ha visto y abre, ya se tratan como amigos.

—Hola, ¿te apetece un café?

—Sí, no he tomado nada aún. Así que esta es tu casa.

—No tengo una escritura a mi nombre, pero la señora me dijo que podía vivir toda la vida aquí si quería. Así que, sí, esta es mi casa. Bienvenida, es un honor para mí recibirte en mi palacio.

Entra riendo. La puerta abre en un espacio que tiene la cocina integrada y el cono cubriendo todo, no está revestida la piedra calcárea, todo en su aspecto natural. La parte de abajo donde se apoya el cono tiene el color como la piedra de la casa, un poco más oscuro. El cono en un gris casi negro. Hay una pequeña mesa, en la que Davide ya está poniendo las tazas, un escritorio, con una librería detrás y un equipo de música. Una puerta une al siguiente *trullo,* donde supone estará la habitación y el baño, ya que por fuera se aprecia un cono más pequeño. Lo que más llama su atención es que gran parte del espacio lo ocupa un piano. Se ha quedado junto a él admirada.

—Venga, siéntate. Hago las comidas con mis padres, pero el desayuno me apaño solo. La mermelada es de higos chumbos, no sé si te gusta, pero no engorda casi nada y es muy sana. Si lo prefieres, tengo aceite o tomate.

—No, deja, está perfecto así. No había comido nunca esos higos, se lo dije a Bianca y los pusieron de postre y me gustaron. ¿Tocas el piano?

—Sí, bueno, quiero pensar que sí.

—¿Me lo aclaras? Si no quieres no pasa nada. Quizá pregunto demasiado, deformación profesional.

—No, qué va. El piano era de mi madre, de mi primera madre que era pianista, mi padre la llevaba a donde tenía que tocar. Murieron en un accidente, me quedé solo. Los del servicio social me llevaron a un centro de acogida. Pero apenas estuve una semana, doña Chiara lo arregló para acogerme ella, en vez de estar en un centro. Ella no me conocía de nada y a mi padre tampoco, pero mi abuelo trabajó aquí toda la vida, en la quesería, y ella considera familia al personal; a unos más y a otros menos, como en todas las familias.

—Tenía entendido que Camillo te adoptó.

—Sí, así fue. Pero antes me acogió ella y vivía en la casa. Todos los días Camillo me llevaba al colegio y cuando no iba, como me encantan los caballos, pasaba el rato con ellos y hablaba mucho con él, así nos fuimos conociendo. Comía con ellos y cenaba con la señora. Si ella no estaba también cenaba con ellos. Ella me dejaba hacer lo que quería, no me obligaba a nada; bueno sí, tenía que tener hechos los deberes o darle mi palabra de que los haría al volver si me iba con Camillo. Si iban a la playa o eran las fiestas, me llevaban con ellos. Un día me dijeron si quería ser su hijo y me eché a llorar. Ellos pensaron que era de pena, todo lo contrario, era de alegría, tener padres otra vez fue como algo mágico. Un *trullo* parece la vivienda de un gnomo y los gnomos son mágicos. Me sentí así, feliz como un gnomo.

«No fue fácil, ¿sabes? Que no te sepa mal, para nada quiero que pienses que te falto al respeto ya que tú representas a la ley, pero no tiene que ver contigo porque no haces las leyes y seguro que sabes que las leyes a veces son legales, pero injustas. La ley no tiene afectos y no considera los que tenemos las personas. Pero doña Chiara sí sabe mucho de afecto y es capaz de conseguir lo imposible. Su abogado se ocupó de todo, y el juez de menores autorizó la adopción y mandó vender la casa de mis padres y todo lo que había. El dinero tenía que estar en el banco hasta mi mayoría de edad y allí está, no he necesitado tocarlo y ya tengo veintidós años. No me hace falta, ¿sabes? Cobro por mi trabajo. La primera vez, quise darle a mi madre el sueldo y no lo aceptó, mi padre menos. Así que soy un Bill Gates, ahorro casi todo porque ni coche necesito. Cuando quiero ir a alguna parte cojo uno de la casa. En esta gran familia yo soy de "los más".

«Hicieron una subasta de la casa y todo lo que había y doña Chiara compró el piano para que tuviera un recuerdo. Lo trajeron y mandó ponerlo aquí, si toco no molesto a nadie, las paredes son muy anchas. Yo sabía tocar un poco, mi madre me enseñaba. Pero como pasaba el curso interno y en verano ella tenía más trabajo, no era gran cosa. La señora me preguntó si quería aprender y contrató un profesor. Cuando ya supe tocar, le dije que ya no lo necesitaba. Me gusta tocar, pero no quiero ser pianista. Prefiero a los caballos y eso hago.

«Papá, me refiero a Camillo, claro, quería que me licenciara en algo, pero suponía no poder estar aquí, y vivir en la finca haciendo lo que me gusta es mejor que una licenciatura. Además, me ocupo del establo y de cuidar a los caballos, pero también soy libre para montar, lo hago cuando quiero y me encanta. Doña Chiara me regaló uno cuando cumplí los dieciocho y mis padres me regalaron la silla. A veces salgo con ella, me gusta mucho hablar con ella, sabe de todo, y lo mismo con Antonella. Son gente especial, ¿sabes? Porque se dan, no me refiero a lo que te dan; un piano, poder usar un coche, eso son cosas. No es eso, sino que ellas se dan a sí mismas, y eso es "lo más".

«El otro día, cuando pasó todo, no puedes imaginar lo mal que me sentía, escondido en el pajar mientras mi madre y ellas estaban en peligro, junto con todas las otras. No sabía qué inventar ni qué hacer. Fue horrible. Hasta pensé en salir con el caballo al galope para que me siguieran, pero tuve miedo de que disparasen al caballo. Cuando te vi llegar, te hubiera dado un montón de besos, tanta alegría me dio verte. Tuve la desgracia de perder a mis primeros padres, pero he tenido la inmensa suerte de encontrar a otros que son geniales y a una familia que antes no tenía, y vivo en el paraíso. Soy muy afortunado, como un gnomo, ¿no crees?

Sandra se ha emocionado tanto que una lágrima se desliza por su mejilla. Davide, sonriendo, la recoge.

—No sabía que las polis también lloran. Espero que no sea por tristeza. Oye, cuando estés bien, iremos a montar juntos, ¿querrás?

—Me encantaría. Me voy, puede que venga mi jefe y debo estar en la casa. Gracias por..., por todo, Davide. Hasta luego.

Ha advertido a Chiara y Antonella que el juez viene con un experto para comprobar la numeración de los billetes, pero que será una visita breve y no podrá hablar con ellas. No ha querido darles más detalles, incluso le ha pedido a Chiara que sacase la bolsa y ya la dejase a su disposición. Por lo que cuando llegan, entran directos al despacho. Los dos miran más que sorprendidos.

—Esto es como sacado de un libro de historias o leyendas antiguas, propio de Merlín. Increíble. Bien, Giuseppe, pongámonos a la tarea, no tenemos tiempo que perder.

Poco ha necesitado Giuseppe para dar la razón a Sandra.

—Hacía mucho que no veía un trabajo tan perfecto. Si estos billetes están rodando por el país, no hay posibilidad de detectarlos, el grabado es perfecto, y eso es lo que detectan la mayoría de máquinas que usan en los comercios.

El juez Gallo le dice que lo coja todo, menos los 400 euros, y lo espere en el helicóptero. Él coge a Sandra del brazo y van dando la vuelta a la casa por fuera.

—Esto, si podemos confirmar que salen de ese cajero, nos permitiría coger a quien esté implicado del banco. Pero ¿cómo relacionar a Giacinto con todo eso? Prefiero no levantar la liebre sin tener algo más.

—Lo comprendo, señoría; solo se me ocurre pensar en la persona que está al medio, Giancarlo Longo, el hermano, algo tiene que saber. Y queda el problema de las fotos, ¿qué hay en esas fotos para que se hayan arriesgado tanto? Y otra duda, ¿sabía Giacinto que eran falsos? Si era así, dejarlos ahí para que Antonella hiciera uso de ellos, no parece propio de él, por lo que ella me ha dicho de cómo era. Lo que hasta ahora suponíamos, que se lo daba la familia para que fuese atendido su problema, ya no tiene sentido.

El juez está mirando hacia la casa.

—Este lugar es realmente una fortaleza, él solo vino una vez, pero ¿y si aprovechó esa ocasión para dejar aquí las dichosas fotos? Hemos pensado que no quiso volver porque la alberca le recordaba a su hermano, ¿y si lo hizo para que no relacionaran este sitio con las fotos? Sandra, creo que aquí está la clave, creo que las fotos las dejó aquí, si es cierto que tenía algunas fotos. Y ese va a ser tu cometido. Desmonta este castillo piedra a piedra si es necesario, pero encuentra las malditas fotos.

—Entonces, ¿no quiere que me reincorpore a mi puesto?

—Por supuesto que te reincorporas, ¡ya lo estás! No puedo mandar a nadie más, así que pide ayuda a Antonella o a quién sea. Seguro que no te pondrán pegas, diles claramente lo que hay, con la condición de que no hagan comentario alguno fuera de esta casa. Mientras, yo veré lo que puedo hacer. Ah, tengo que marcharme, me hubiera gustado quedarme a comer, comí muy a gusto aquel día. Ya me llamas si encuentras algo. Otra cosa, da a Antonella los 400 euros y también presenta mis disculpas a doña Chiara por no pasar a saludarla. Di que volveré algún día.

Ha esperado a que el helicóptero alzase el vuelo y regresa a la casa pensativa. Antonella y Chiara están en la puerta.

—Has dicho que iba a ser breve, y muy breve ha sido; pero no pareces contenta.

—Ahora os lo cuento.

Ha ido a por el dinero y se lo da a Antonella.

—Solo esto es tuyo y puedes disponer de ello. El resto es falso.

Las dos con la boca abierta y Sandra sonríe.

—Gracias a tu amiga, lo hemos descubierto. Por los doscientos euros que sacó del cajero; cuando los toqué, no soy experta, pero noté algo raro. Por eso llamé a su señoría y el experto lo ha confirmado. Todo el paquete es falso, pero los había tocado con los guantes puestos y así no se nota.

Chiara está mirando a su hija que parece hundida.

—Antonella, hija, no pasa nada, eso no tiene que ver contigo.

—Todo tiene que ver conmigo, mamá, ¡todo! ¿Es que no lo ves? Dejó ese dinero en mi casa, para qué y por qué si era falso, tan falso como lo estoy viendo a él. ¡Dios! ¿Me utilizó? Tengo que pensar que me utilizó. Sandra, ¿crees que me utilizó?

—No lo sé Antonella, quizá lo utilizaron a él. Pero vamos a dejar de pensar en eso porque su señoría, que por cierto ha lamentado no poder detenerse a saludaros y también le hubiese gustado comer aquí. Él cree que Giacinto guardó aquí las fotos, que el no querer venir era para que no relacionaran esto con las fotos y no por la alberca. Así que no sé cuándo podréis perderme de vista porque quiere que siga aquí y que busque las fotos. Necesito vuestra ayuda, no solo para buscar, más aún, para recordar qué hizo él cuando vino.

—Antonella, hija, levanta la cabeza, por favor. Toma una copa o sal fuera y grita al viento si crees que eso te hará sentir mejor. No condenes a tu marido sin pruebas, hazlo cuando las tengas y sácalo de tu mente y de tu corazón. Ahora concentra tu atención en lo que tenemos que hacer. Fueron cuatro días los que estuvisteis aquí, hay que reconstruir minuto a minuto qué hizo Giacinto en ese tiempo.

—Exacto, eso es lo que hay que hacer y preferiría que cada una pusiera por escrito lo que recuerde. También que lo haga cada persona que tuvo contacto con él. De Camillo ya lo sé, solo se dieron la mano. Aun así, le pediré que recuerde el lugar preciso donde se encontraba. Chiara, ¿hay alguna posibilidad de que pueda disponer de una pizarra grande? Es la manera con la que solemos trabajar, piensas y visualizas al tiempo que vas relacionando los hechos.

—Ahora llamo al laboratorio y nos traerán una, podemos ponerla en la sala si quieres. O si prefieres otro sitio más privado, elige el lugar que quieras. Salas tenemos de sobra, tanto arriba como abajo; la casa está a tu disposición y todo lo que necesites, lo mismo el personal.

—En la sala estará bien, así, mientras nos relajamos, la tenemos a la vista, nunca se sabe cuándo surge lo que su señoría llama, "la inspiración". Has mirado cien veces y, de pronto, sin apenas mirar, cruzas un dato y, eureka.

Antonella se levanta.

—Voy a mi cuarto, me concentro mejor si estoy sola. Tranquila mamá, estoy bien, todo lo bien que puedo estar.

—Chiara, es conveniente que hables tú con el personal, supongo que son las mismas personas.

—No todas. Laura, es la más joven, solo lleva tres años con nosotros, por tanto, excluida. Francesco estudió en el politécnico de Bari, y venía con frecuencia, siendo la Navidad vendría si estaba allí. Pero estuvo un par de cursos en el extranjero y no vino en todo el curso. Cuando tengamos certeza de la fecha en la que estuvo fuera, podremos excluirlo o no. Hay que saber la fecha, es imprescindible. Davide estuvo viviendo aquí hasta casi los diecisiete. Aunque ya lo habían adoptado Camillo y su mujer, como hubo que acondicionar los *trulli,* siguió viviendo aquí. Al ser monumentos, tuvimos que pedir los permisos correspondientes, luego hacer la obra que fue lenta, no todo el mundo sabe construir de esa manera, era necesario un *trullero* auténtico. ¿Has visitado la casa de Camillo?

—No, he estado en el *trullo* de Davide, bueno, en realidad son dos.

—Ahí no hicimos gran cosa en cuanto a la estructura, ya estaba así. En la parte pequeña, se hizo el baño nuevo y en lo que supone la zona de la cocina por renovar la instalación, pero en sí mismo el *trullo,* tanto en lo externo como en lo interno, está tal cual lo construyeron en el siglo XVII. Los primeros Di Martino vivían en los distintos *trulli.* La casa se hizo en el XVIII y aún no se ha tocado en su estructura externa, salvo abrir alguna puerta. El interior sí, por hacer habitaciones y baños, en lo que eran salas enormes. Tu habitación y las dos siguientes, además de los baños, todo era una sala. Por eso las paredes no son de piedra, como en el resto.

«Sigo en lo que interesa. El establo, además de Camillo que siempre ha estado al tanto, se ocupaba antes de Davide, Giulio, al jubilarse se fue a vivir con su hija, pero estaba delicado, y Davide comenzó a ocuparse incluso al volver del colegio, antes de que se jubilase. A mi querido Davide estoy convencida de que los caballos le salvaron de caer en una depresión, siendo tan niño perder a sus padres al tiempo y con su abuelo muerto apenas hacía nada, fue tremendo. Tenemos que tener certeza de las fechas de todos. Iré a hablar con él, con Giulio, solo si es necesario, lo dejaremos para lo último, quizá no haga falta. Voy de vez en cuando a verlo y sigue con la cabeza en su sitio, pero no quisiera darle malestar con esto.

«Así a lo pronto, no tengo más. Voy a hablar con el personal. Yo tengo mejor memoria que Antonella, pero la que tiene memoria de elefante es Bianca. Cuando nadie recuerda algo, recurrimos a ella. Puedes fiarte de lo que te diga. Pero, Sandra, aunque recordemos qué hizo, cómo podemos saber si guardó algo y dónde.

—No, así de entrada no podemos saberlo, pero sí acotar el terreno para buscar. Pongo, por ejemplo, si fue a ver la quesería, como he ido yo y Adriano ha estado a mi lado todo el tiempo. Supongo que con él haría lo mismo, si no estuvo solo en ningún momento, no tenemos que buscar allí. En cambio, si pasó algún rato solo en tu despacho, sería un sitio en el que mirar a fondo.

—Entiendo, y eso ya te lo puedo decir, aunque lo escribiré. Estuvo solo en el despacho, quería llamar por algo del trabajo y su móvil no iba bien. Me pidió permiso.

—Por qué no le prestaste el tuyo o Antonella el suyo.

Se echa a reír.

—Mi hija nunca lo tiene a mano y la mitad de las veces descargado. En eso ha salido a mí, yo no tengo móvil. En el coche llevé durante años un busca, hasta que ya eliminaron esa manera de mandar un mensaje. Aquí en casa hay teléfonos en toda las habitaciones y en varios sitios, ya los has visto, son para comunicar dentro de casa y de la finca, como en cualquier empresa. Para llamar fuera, en lo que es la casa, solo hay en la cocina, en la oficina de Francesco y el de mi despacho. También en la quesería y en casa de Camillo. Todos los trabajadores llevan un móvil de la línea interna; algunos, además, el suyo propio. Si por mí fuera, seguiría usando las señales de humo. Los móviles provocan en mucha gente una dependencia espantosa. Voy a llamar al laboratorio y luego hablaré con la gente.

5

Sandra ya está en plena actividad, en la enorme pizarra que han traído ha ido anotando como si un organigrama fuese, los datos que han ido aportando. Ha querido tener claros todos los datos antes de ponerse a buscar. Hay tres sitios en los que ya sabe que debe mirar: el despacho, la habitación de Antonella y la biblioteca que tiene similar estructura al despacho, pero el doble de grande. Los ha subrayado en negro. Ha decidido empezar por la habitación, puesto que le parece lo más sencillo y en la que al parecer pasó tiempo solo.

Bianca y Antonella están con ella. Solo estuvo dentro cuando la pelea y no se fijó en nada. Ahora admira no solo lo grande, también la sencilla sofisticación. Los muebles deben de ser de época reciente, pero imitando otra de muy atrás o de otras, porque no todos son del mismo estilo. Con líneas sencillas y en diversos colores y tonos. Se nota el gusto por el mueble bien hecho. No solo supone una habitación, ya que tiene la antecámara que es como una sala, con un cómodo sofá, dos arcones, un armario y un par de sillones. Además de dos ventanas, también hay una puerta que da a la terraza cubierta y rectangular, que se prolonga algunos metros, con varios sillones, dos mesas bajas, dos tumbonas y otro arcón. Sin tocar ni abrir nada, ya ha contado diez muebles, entre arcones, cómodas y mesitas. Dos armarios más. Cerámicas puestas en los huecos que hace la pared en distintas alturas, además de seis lámparas, y sin olvidar el cuarto de baño, todo de roca pura y tiene estantes abiertos y cerrados. No acaba la cosa ahí, puesto que hay un escritorio, este sí parece auténtico y quizá con un par de siglos de antigüedad. Está colocado cerca de uno de los cuatro arcos que la pared forma y en este caso con estantes repletos de libros. A todo, hay que sumar varias sillas con reposabrazos. Sin embargo, dada la amplitud, no resulta recargado.

Sandra ha dado una vuelta por todo sin decir nada. Ahora se gira y las ve a las dos mirándola expectantes y se echa reír.

—He querido empezar por aquí, pensando que era lo más sencillo, pero es enorme, desde luego, el doble que mi piso, y no es poco lo que hay que mirar. En fin, vamos a empezar con orden. Cada una que se ocupe de un espacio. No solo hay que mirar cajones y armarios, las sillas y sillones hay que revisarlos bien, pueden estar incluso debajo. Si son las porcelanas, lo mismo, veo muchos jarrones y ánforas, eso por dentro y por debajo. Los libros hay que abrirlos y sacudir. Supongo, Bianca, que en la cama se habrá cambiado la funda del colchón en estos años.

—Sí, por supuesto, dos veces al año, al terminar el verano y al empezar la primavera. Pero puestas a pensar, la base es de tablas, pueden estar pegadas debajo de las tablas.

—Sí, es posible, habrá que mirar también eso. No hay prisa, quiero decir, tomaos el tiempo necesario, sin agobiaros para no despistaros, si os cansáis pararemos.

Es más de media mañana y las tres respiran fuerte, deciden parar para tomar un refrigerio. Bianca va a por él y ellas se sientan en la terraza. Sandra respira hondo mirando la panorámica, como ocupa la esquina, puede verse toda la parte delantera, incluido el establo, más allá los *trulli*, la quesería y por todo, el olivar. Al otro lado, la piscina rodeada de losas entre las que crece la hierba. Y el jardín con los originales "árboles" de baladre y buganvilla; las dos especies de diversos colores.

—Realmente es maravilloso este lugar. Y tu cuarto, Antonella, más que un lujo, me parece un auténtico sueño. Lo tienes todo, hasta el cielo al alcance de la mano desde la cama.

—Esta era la habitación de mis padres, es la más grande y la única con esta enorme terraza. Al morir papá, ella no quiso seguir ocupándola, retiró todos los muebles y la acondicionó para mí, la decoró ella tal y como está. Su cuarto es uno de los más pequeños, da también delante y tiene la arcada que supone una pequeña terraza, aunque aquí nada es pequeño. Yo dormía al lado, al mudarme aquí, Bianca ocupó la mía y Francesco la suya. Todos nos movimos. No sé si alguien se lo aconsejó por ella misma, si fue así, nos sirvió a todos.

«Fui muy cruel con ella entonces, por un tiempo la odié. No era así del todo, porque la seguía queriendo y la necesitaba, pero no se lo demostraba. La odiaba por no dejarme ver a mi padre. Yo estuve muy mal y, salvo ir al psicólogo que lo mandó ella, no la dejé que me ayudase ni la ayudé. Después, con el tiempo, he pensado mucho en lo que le supuso a ella verlo caer. No puedo volver a pensar en eso, no debo hacerlo.

Sandra no sabe qué decir, Antonella está llorando en silencio. Bianca ha llegado y con la mirada pregunta a Sandra que no sabe qué decir. Así que es ella la que se sienta a su lado y la coge por los hombros inclinándola hacia ella y abrazándola.

—Podemos superarlo, cariño, podemos y lo haremos. Somos fuertes, caemos, nos levantamos y seguimos caminando. Yo soy la presencia vigilante, consumo al momento cualquier cosa que me perturba o me pueda perturbar, gracias, gracias, gracias. Quiero ver una sonrisa antes de un minuto.

Y no ha llegado al minuto cuando Antonella hace el esfuerzo de intentar sonreír. Bianca le da un pañuelo y mientras se enjuga.

—Lo siento, Sandra, no quiero que estés triste y lo pareces. Realmente no soy de llorar y por eso no lloré bastante a mi padre; quizá debí llorar con mi madre, ella tampoco llora, nos lo guardamos y de pronto nos ahogamos.

«Giacinto pasó muchas horas aquí leyendo, ya te lo he dicho. Yo fui al pueblo, siempre me acerco algún rato, tengo amistades, pero él no quiso venir.

Visitó la quesería y montó dos días, pero poco más hizo. Estaba esos días en su oscuridad, solo aparentaba normalidad con mi madre. Ni siquiera tuvimos una sola vez sexo. Mejor así, no relacionaré esa cama con él... ¡Las botas!

Antonella se ha levantado como impulsada y las dos con ella. Sandra pregunta.

—¿Qué botas, a qué te refieres?

—Mi madre le regaló unas botas para montar, están abajo, vamos. ¡Venga!

Corriendo han bajado y van al cuarto de las botas, donde se escondió Francesco. Ha encendido la luz y busca, todas cuelgan de la caña, para mantenerlas estiradas; las hay sin nombre, solo el número en la base del estante y otras con el nombre. Ahí están, con el nombre de Giacinto, las coge y sale con ellas, mira dentro.

—No, no hay nada. He tenido la sensación como si me lo dijese, como si me hablase de más allá del cielo. Lo siento, lo siento, perdonadme, os he hecho correr sin necesidad.

Sandra las coge y las pone hacia abajo, pero ella no es de conformarse con una simple mirada. Mete la mano en una y saca la cuña de papel que hay en el empeine. Luego la otra, y al quitar el papel, apenas la mueve algo rueda y grita.

—¡Eureka!

Saca un algo envuelto en papel de aluminio y sin abrirlo sabe lo que es.

—¡Un carrete, un carrete de fotos!

Sigue el impulso, abraza a Antonella y la besa en ambas mejillas. Luego a Bianca. Las tres están excitadas, pero Sandra es ante todo lo que es.

—Tengo que llamar a mi jefe, disculpad. Ah, Antonella, llama a tu madre y díselo, dile que lo tenemos.

Ha salido fuera y antes de llamar respira hondo varias veces.

—Dime Sandra, ¿tienes algo?

—Tengo algo en la mano, señoría, envuelto en papel de aluminio y no quiero desenrollarlo, por no alterar nada. Pero sin duda es un carrete de fotos, señoría, lo tenemos. Antonella ha recibido una, digamos, una pequeña ayuda de más allá del cielo. Estaba bien escondido en las botas de montar, se las regaló Chiara y solo las usó dos veces. ¿Qué hago, vuelvo?

—Te mando el helicóptero. Alguien me echará algún rapapolvo por usarlo tanto, pero, ¡qué diablos! Quiero ver ese carrete lo antes posible. Ah, ya volverás a despedirte y contarles lo que sea, no te entretengas en nada más que en estar lista para volver volando. Confiaba en ti Sandra, siempre lo hago, sabía que lo lograrías, pero no esperaba que tuvieras al cielo de tu parte.

—No ha sido el cielo, ha sido de más allá, y la ayuda era para Antonella directamente.

Cuando entra se pone frente a la pizarra, repasando una a una todas las anotaciones, piensa que quizá le ha pasado algo inadvertido, y lo encuentra.

"Leonora, la cocinera, dice: Vi al señor Giacinto de cerca solo una vez, apenas un momento, dejando las botas porque no tenía ganas de montar".

Subraya eso en rojo y sigue leyendo hasta que llega a Davide:

"Se interesó por los caballos, por lo que comían, los aparejos, por cómo guardaba todo. Quiso verlo todo. Le llamó la atención que no estuvieran allí las botas. Le dije que las botas las guardaban en el cuarto de las botas. Sonrió y dijo algo como, así que las botas tienen un cuarto como las personas. Yo dije que no tanto, porque estaba debajo de la escalera de servicio y era un cuarto oscuro. Se echó a reír, me pareció agradable y muy educado".

Lo ha subrayado también en rojo. Y se sienta frente a la pizarra recriminándose por su error, al querer creer que Giacinto podía pensar como ella. Cuando es al contrario, ella debía pensar como él para conocer qué pasos dio. Bianca y Antonella han subido a dejar en orden la habitación, mientras ella sigue allí ante el organigrama.

De pronto escucha el ruido de un helicóptero y se extraña, es imposible que pueda ser, pero sí, está aterrizando y un policía judicial baja y se dirige hacia la casa. Sale y espera junto a Antonella y Bianca que han bajado al ver el helicóptero.

—¿Quién de ustedes es la agente Sandra Bianchi?

—Soy yo.

—Nos manda el juez Gallo, tiene que venir con nosotros inmediatamente. Y ha dicho que no olvide el paquete.

—Solo un minuto, por favor, enseguida estoy con usted.

Ha subido corriendo a su habitación para coger su documentación, la pistola, su chaleco de agente y la placa, que se ha puesto, tal cual lo lleva quien ha venido a recogerla.

—Volveré en cuanto pueda a recoger mis cosas y a deciros lo que sea. Me gustaría que siguiera ahí la pizarra. Gracias.

Ni tiempo les ha dado a decir nada, corriendo va y al momento lo ven elevarse y alejarse.

Sandra Bianchi respira hondo mientras se dirige con paso firme al despacho del juez Gallo. La funcionaria que hace las veces de secretaria levanta las manos al verla.

—Por fin, ¡aleluya! Está cómo loco. ¡¿No traes nada?! Ha dicho que ibas a traer algo muy importante.

Sandra, sin decir, abre la mano y le muestra el rollito de aluminio.

—¿Qué es eso?

—El premio a nuestros desvelos. ¿Está solo?

—Sí, y mejor que este solo cuando va así de desquiciado.

Da un par de toques a la puerta, pero no espera.

—Ah, ya era hora, los minutos han sido eternos. Vamos, vamos, nos espera Rocco para revelar. Qué tal el vuelo, los de Brindisi, ¿te han tratado bien?

—Sí, señoría, muy bien.

—Por suerte tengo un amigo por allí y me ha hecho el favor de mandar a sus chicos a recogerte, sin hacerme preguntas. Hay que tener amigos hasta en el infierno. Si no sale bien, si no logramos aclarar el asunto, voy a tener que dar muchas explicaciones. Si lo resolvemos, por lo menos nos darán palmaditas en la espalda y se olvidarán de todo lo que nos hemos saltado. Hola, Rocco, aquí está la paloma mensajera.

—Qué me traes Sandra.

—Supongo que un carrete de fotos, pero no lo he desenvuelto por si se velaba o qué sé yo.

Rocco es ya un hombre cercano a la jubilación, sonríe tocándole el hombro a Sandra.

—Saber, sabes, ya lo creo que sabes, además, eres paciente, otro no habría resistido la tentación de ver si realmente era o no un carrete. ¡Es un carrete, qué maravilla! ¿Pensáis quedaros aquí?

—Sí, eso pensamos, no entraremos en el cuarto oscuro, pero aquí estaremos.

—Tendré que aceptarlo, pero lo aceptaría mejor, si mientras, algún voluntario o voluntaria, trajese un emparedado acompañado de una cerveza. Esto nos llevará un tiempo y necesito alimentarme.

El juez le hace un gesto a Sandra que sonríe.

—Ya imagino que me ha tocado a mí ir, pero tendrá que pagar usted, no llevo dinero. Con las prisas, solo he cogido la documentación y la pistola.

—Y el carrete, que era lo más importante. Toma, trae para los tres, supongo que tendrás hambre, y yo no he tomado nada desde las ocho. No te olvides del café, el mío que sea doble.

Ya de vuelta, los dos comen en silencio. El juez remueve el café despacio, pensativo.

—Dime Sandra, qué ha supuesto para ti esto, me refiero al tiempo que llevas allí, en un sitio tan especial y con gente que está claro que te aprecia.

—Nunca había convivido con nadie así y recibiendo un trato exquisito en todo momento. Sandro y yo estamos muy unidos porque ya sabe que al morir mi padre y luego el abuelo, nos quedamos más solos que la una. No hemos tenido realmente un ambiente familiar normal nunca. Allí nada es normal, por justo lo contrario. Chiara cuida de Emperador, su caballo, como si fuese una persona. Y a las personas que allí tra-

bajan y viven o no, como si fuesen familia.

«Me he sentido cercana a todos, porque todos me han tratado con cercanía
y afecto. He tenido momentos de inten-
sa emoción, por tanto como me han
contado de sus vidas, y he encontrado
una sinceridad que rara vez, quizá por
lo que hacemos, solemos ver en la gente. Son como la naturaleza que les ro-
dea, sencillos, naturales a la par que
extraordinarios.

«Antonella fue sincera desde el primer momento, sin recelar de nosotros
como tantas veces vemos, eso me hizo
sentirme cercana a ella. Luego, su amiga Paola, la periodista, está saliendo
con Sandro, por primera vez mi hermano ha dicho que está enamorado, y no
me extraña, porque también es alguien
especial. Así que no soy solo yo a la
que de alguna manera ha afectado este
caso, para bien, creo.

—Cuando me llamaron para que au-
torizase que viera el cuerpo, lo poco
que quedaba de su marido. Pensé que
estaba enloquecida por lo ocurrido.

Dudé bastante en decir que sí. De hecho, no respondí en el momento. Sopesé mi responsabilidad en lo que pudiera suponerle ver algo tan tremendo. Mientras andaba arriba y abajo en el despacho pensando. Me llamaron diciendo lo que habían recogido del coche. Me decidió el que hubiera relacionado la cruz con el luctuoso y trágico hecho, eso la hacía cuerda.

«Me llamó el forense y me contó cómo fue el reconocimiento, Antonella lo impresionó. Ahí ya sentí que era especial y más cuando hablé con ella. Te confieso que fui por verla, más que otra cosa, quise conocer a esa persona capaz de enfrentarse a semejante tragedia por decisión propia. No menos especial me pareció la amiga, cogiéndolas al vuelo, me cayó muy bien. Y la madre, bueno, tenías razón, me valió mucho la pena conocerla y tanto.

«No solemos relacionarnos con la gente como para conocer de su interior y mucho menos poder llegar a apreciar a las personas. Pero este caso no se ajusta al protocolo en nada y tampoco en eso. Ya que lo has hecho, que conoces y aprecias, si crees que ha surgido algo tan escaso como la buena amistad, trata de conservarla. La vida no es solo trabajo, Sandra.

—¿Eso lo dice usted? Cuando le faltan horas al día para hacer todo lo que hace.

—Sí, pero tengo sesenta y dos años, ya he vivido mucho, puedo prescindir de todo lo demás y hacer este trabajo que es lo que me gusta. A decir verdad, no prescindo de nada, porque nada tengo fuera de esto. Pero tú tienes la vida por vivir. Ah, Rocco, estaba pensando si te habrías dormido ahí dentro. ¿Has podido sacar algo?

—Quien guardó el carrete supo cómo hacerlo, está en perfectas condiciones. Exagero un poco, no puede estar perfecto porque debe de tener entre quince y veinte años, podré decirlo exacto más adelante.

—Ya, deja los tecnicismos a un lado. ¿Tenemos o no tenemos fotos?

Rocco ríe divertido al tiempo que da un bocado al emparedado.

—Están secando, he querido dejar que sequen un poco a la vieja usanza, en nada podrás ver las primeras, hay bastantes, pero supongo que esas son las que te interesan. Un algo opacas, probablemente, pero aun sin manipular tono o brillo, creo que podrás verlas bien. ¿Resuelve esto el caso que llevas entre manos o es nuevo? Ni siquiera me has dicho de qué va este asunto, aunque ya lo tengo claro.

—Lo tendrás tú, amigo, nosotros aún no; de ahí la urgencia. Es el caso de un suicidio, el atropello del tren.

Rocco se queda con gesto incrédulo.

—Ya, sorprendido, ¿no? Pues lo estarás más, si añadimos a eso billetes falsos de cien euros que salen por un cajero como si fuesen longanizas de una máquina de embutir.

Rocco mueve a un lado y otro la cabeza.

—Escucha una cosa Sandra, si sigues a su lado, en nada estarás tan tarada como él, así que aléjate. Hazte *influencer* o vende escobas por Internet, este tío no es buena compañía. Ya ves tú, un tío se tira al tren y él acaba, atando cabos, sacando billetes de cien euros falsos de un cajero. Eres increíble Armando, increíble. Voy a ver, ya habrá algunas listas, y creo que ahora serás tú el sorprendido, amigo, más que yo de las longanizas.

Ver las fotos los deja desconcertados, y si es al juez, hasta furioso porque está claro qué suponen. La evidencia del homicidio de un niño, y ninguno de los dos duda de que es el hermano de Giacinto.

—Por eso he dicho, que ya lo tenía claro, pensaba que era esto lo que buscabas.

—No sabíamos qué había, pero sí que era importante. Ahora ya tenemos las fotos y una realidad más que evidente, pero ¡quién coño es ese tío!

—El hermano que conocemos no, desde luego.

—Cotejaremos la foto con el banco de datos, pero si no está fichado, estamos en un punto muerto.

—No tan muerto, quizá lo reconozca Antonella, estuvo en muchas celebraciones familiares y si fuese del entorno familiar, algo no improbable, lo vería en alguna ocasión.

—Tienes razón, vuelve de inmediato. Ahora llamo al helicóptero.

—¿Lo cree necesario tan rápido?

—¡Sí, maldita sea! No quiero que se me escapen, y a pesar de comprobar que los billetes salen del maldito cajero, no hemos hecho nada porque quiero llegar a la cabeza. Quien ponga ahí los billetes, no será más que un mandado que igual prefiere quedarse mudo, y eso tendría si entro a saco en el banco.

—De acuerdo, señoría; llame, volveré volando.

—Rocco, me traes todas las copias cuando las tengas, estas se las lleva Sandra. Y, oye, gracias.

—No hay de qué, me ha valido la pena por el emparedado. Suerte, Sandra.

Son casi las doce de la noche cuando el helicóptero aterriza frente a la *masseria.* Al momento ve a madre e hija aparecer en la puerta.

—¡Dios mío, Sandra! Qué vida más ajetreada llevas, ¿has cenado?

—Hola, comí un emparedado hace horas, me vendría bien tomar algo. ¿Qué tal Antonella?

—Asustada, si has vuelto es porque tienes las fotos, ¿están en ese sobre?

—Sí, quiero que las veas, por si reconoces a la persona, no es tu cuñado y no tenemos idea. En estos momentos están cotejando con nuestros archivos, pero si no está fichado, nada tendremos. Preferiría que las vieras mañana. Descansa esta noche.

—No podré dormir, Sandra, prefiero verlas ahora.

Chiara ha llamado para que le traigan algo para cenar a Sandra y es Bianca la que lo trae. Va en bata.

—Ya me había acostado, pero he oído al bicho ese y he pensado que solo podías ser tú, pareces agotada.

—No he hecho gran cosa, pero a veces eso agota más. Gracias, Bianca. Dejadme cenar y luego las veremos. ¿Qué tal van los preparativos de la inauguración, Chiara?

—Presentación, presentamos un nuevo producto, no inauguramos nada. Ya está todo listo o casi. Será el día diez del mes que viene, es sábado, y no sé qué planes tienes, pero quiero que asistas por encima de todo. No porque sea nada especial. Quiero que tengas un día de fiesta, que bailes y te emborraches si te apetece. Si tengo que mandar un helicóptero a por ti, lo haré, no lo dudes. Quiero verte allí, serás mi invitada de honor. Ah, no solo tú, he llamado a Paola y vendrá con tu hermano y si puede el compañero, así que no puedes rechazar la invitación.

—Acepto, espero que nada nos impida venir.

Ya ha terminado y respira hondo al coger el sobre.

—No es agradable, pero sí necesario para que comprendas la importancia de saber quién es esa persona. No te precipites en responder, mira atentamente antes de decir nada.

Deja las fotos sobre la mesa. El hombre en cuestión se ve claramente en varias; en dos, cómo hunde al niño en el agua. También está Bianca que le ha pedido permiso a Sandra para verlas y las tres se estremecen.

Antonella está respirando agitada, en realidad, sufriendo un ataque de ansiedad. Sandra se sobresalta, pero Chiara sabe cómo actuar.

—Trae una bolsa Bianca. Tranquila tesoro, no pasa nada, frunce los labios y trata de respirar despacio, hazlo, se te pasará enseguida.

Bianca ha traído una bolsa de papel y se la da para respirar en ella. Ha sido breve, pero intenso y se queda pálida y cansada.

Sandra ha guardado las fotos y nada dice, le duele verla de esa manera. Antonella alarga la mano hacia ella y se la coge, apretándola entre las dos suyas.

—No hables ahora, tienes que recuperarte más. Lo siento Antonella, lo siento mucho.

No dice nada con voz, pero asiente y llora en silencio. Bianca se vuelve de espaldas, ella no aguanta verla llorar y llora con ella. En cambio, Chiara parece la serenidad personificada. Ha puesto una copa de su elixir y se la da.

—Bebe a pequeños sorbos, tesoro, despacio. No tenemos prisa, ninguna prisa, nada es tan importante como que te encuentres bien. Ya vas teniendo mejor color. Si tienes ganas de llorar más, no te reprimas, hazlo, no pasa nada.

—Me siento mejor, mamá, gracias. Pon una copa para Sandra, creo que le hace falta más que a mí. Conozco a ese hombre, ahora tiene menos pelo y está más gordo, pero esa nariz y esos labios son inconfundibles. Sé que se llama Beppe, ignoro el apellido. Es o era el padrino de Giacinto.

«Aunque con quien tenía una enorme amistad, por cómo se abrazaban y se sentaban siempre juntos, era con Giancarlo y creo que aún más con su mujer. No sé, sus miradas se cruzaban muy a menudo. Es todo. No, espera, puede que sea lo más importante, además de lo que se ve en las fotos. Supongo que trabajaba en un banco porque lo llamaban el tío banquero. No venía a todas las celebraciones, pero sí con frecuencia y a veces oí que decían no viene o ya viene el tío banquero. ¿Te sirve para algo lo que he dicho?

—Sí, Antonella, con eso podremos dar con él y ojalá podamos cerrar el caso, ya es demasiado sufrimiento para ti. Quizá no he debido dejar que vieras todas las fotos.

—Lo que me ha hecho sentir mal no ha sido lo que he visto, que sí me ha impresionado, pero más me ha afectado el pensar que Giacinto hizo esas fotos. ¿Cómo pudo quedarse ahí haciendo fotos?

—A veces el miedo paraliza. Tampoco sabemos qué pasó realmente, puede que no las hiciera él. Estas no son las únicas fotos, no sé cuántas hay. En fin, tengo que acostarme un rato. Mañana me iré, esta vez con mi coche.

—Es largo el viaje, te acompañaré.

—No, Antonella, es mejor que te quedes aquí.

—¿Volverás a decirnos algo?

—No sé lo que podré hacer, en cualquier caso, trataré de venir a la presentación.

Unos días después, Antonella llama a Paola.

—¿Sabes algo de Sandro? Me refiero al caso.

—No, no hablamos nunca de eso. En algún momento he intentado sonsacarle sin éxito, así que ya no lo hago. Además, está ahora muy liado y hablamos algo todos los días, pero no lo he visto. ¿Qué te ocurre? Porque algo tienes, te lo noto en la voz.

—Creo que debería ir y poner en orden el piso, pero mi madre está empeñada en que siga aquí, de momento. Han pasado muchas cosas que no te he contado.

—Si tú no puedes venir, iré yo, y me lo cuentas todo.

No la dejó decir nada más, colgó y ese mismo día, ya casi a la hora de cenar se presentó en la *masseria* y Antonella le contó todo. Hasta casi la madrugada estuvieron hablando y acabaron con una botella de vino y durmiendo juntas.

Hoy están las dos como aletargadas, han nadado un poco y llevan rato calladas echadas en sendas tumbonas.

—Antonella, estoy pensando que este momento de tu vida es el adecuado para dar un cambio total. Para hacer lo que soñabas.

—¿Lo que soñaba?

—¿Lo has olvidado?

—Hace una eternidad que no sueño.

—Pero lo hiciste, antes de que muriera tu padre tenías un sueño, dirigir con él la finca, vivir aquí. Sé que te gusta lo que haces, pero nada te ata realmente a ese trabajo, que ahora ni tienes, y esto te gusta más.

—En algún momento lo he pensado, no creas que no. Pero no sé si sería para bien; quizá supondría enfrentarme a mi madre y ahora estamos mejor que nunca. Todo lo sucedido nos ha acercado como en la vida, no quisiera perder lo que hemos ganado en este tiempo.

Paola se incorpora y se sienta, enciende un cigarrillo.

—Me hartas mucho, porque siempre has tenido mejor proyecto de vida que yo, y no puedo ahora verte con esta lasitud. En realidad, yo ni siquiera tenía un proyecto medianamente real y me surgió justo cuando me enfrenté a vivir en otro mundo que parecía mejor, ¡América! Era como viajar a la luna sin cohete y con aterrizaje de lujo garantizado.

«Con mi tío podía aspirar en poco tiempo a más de lo que lograré en toda la vida haciendo lo que hago. Pero yo no necesito tanto, me siento bien con lo que hago, conociendo a todas y cada una de las personas con las que trabajo. Sin problemas de agenda, si en algún momento me llama mi madre para comer o quiero venir aquí a darme un chapuzón o cabalgar contigo. Para mí eso es vivir bien, y ahora más. Con Sandro me siento muy a gusto. No sé si durará o no; pienso que sí, porque, por su carácter, es la persona adecuada para mí y creo que puedo serlo para él. Pero si no fuese así, siempre puedo beber un vino peleón o venir aquí, cabalgar un rato juntas y dejar que me consueles, si estás aquí. Y creo que debes estar aquí, porque este es tu sitio. Tu madre no será problema, estoy segura.

—No puedo pensar en nada de eso, mientras no sepa cómo ha acabado todo, si es que acaba. Doy vueltas y caigo en lo mismo, lo veo, lo veo y cada vez estoy más convencida de que me utilizó. Y me pregunto por qué yo, qué vio en mí para utilizarme. A veces, es todo lo contrario lo que pienso porque estoy convencida de que era buena persona. Yo no podría querer a alguien que no fuese bueno y a él lo quería, cada vez tengo más claro que no como a un marido ni a una pareja, pero sí como a alguien que te cae bien y vas sintiendo afecto sin que llegue a más. Razono y cuando ya parece que lo tengo claro, vuelvo a lo mismo, a verlo y a pensar que me utilizó.

—Es posible, sí, vamos a pensar que lo hizo. ¿Y qué? Ahora no tiene remedio. Escucha una cosa, y céntrate en lo que digo. Tú no eres de estar ociosa y ahora no haces nada, salvo dar vueltas siempre a lo mismo. Si te pones a trabajar, a intentar poner en marcha alguna de las ideas que tienes, de esas de las que hablas en tus artículos con respecto a la tierra. Estoy segura de que todo este asunto pasará a un segundo plano y, en nada, ni verás sus trozos aunque quieras verlos. He mencionado trozos con intención y no lo siento. Porque lo que realmente necesitas es que alguien te sacuda para que empieces a vivir tu vida, la tuya Antonella, de nadie más. Él está muerto, vale, pero aunque estuviera vivo, tú no podías seguir viviendo con él, lo sabías, y lo sabes, así que deja de dar vueltas. Vamos dentro, necesito picar algo, agotas mi energía.

Sandra Bianchi contempla el entorno de la casa solariega en la que viven los padres de Giacinto. Nada que ver con la *masseria*, en la que el lujo es la sencillez y la actividad se siente contemplando el olivar.

Aquí se respira el ocio y el lujo solo observando el cuidado césped y los setos perfectamente recortados y formando un amplio laberinto, más propio de un palacio gubernamental y no de una casa privada de recreo. Avanza seguida de tres hombres, todos de la unidad de investigación. La misión a su cargo es interrogar a los padres y averiguar qué saben de Beppe. El juez Gallo le ha dado carta blanca y ha recalcado: "Esta vez sin piedad, no pierdas el tiempo".

Al entrar, lo tiene más claro. Antonella nunca mencionó la exquisitez del mobiliario, de los cuadros y detalles, quizá porque para ella nada de eso es relevante. Todo evidencia un poder adquisitivo muy alto, más allá de lo que les corresponde por lo que han podido averiguar, lo que da pie a pensar que usan de los billetes falsos de cien euros. Por ello, además de interrogarlos, llevan la orden de registro, que muestra apenas se presentan. Tienen edad, pero están muy bien conservados los dos, y es la mujer, que parece más decidida la que pregunta con cierta altivez.

—¿A qué viene esto? Debe de ser un error, si es por nuestro hijo, nosotros no sabemos nada de cómo murió, ni lo hemos visto. Esa chica, su mujer, ha debido de perder la cabeza, ni funeral, ni eso ha hecho. No tiene corazón ni sentimientos ni respeto hacia él ni hacia nosotros.

—Señora, es suficiente; mientras mis compañeros proceden al registro, tengo que hacerles algunas preguntas. ¿Conocen a este hombre?

—Sí, claro que sí, es un gran amigo de la familia, Beppe Lucano, una persona muy honorable, director de un banco y padrino precisamente de nuestro hijo Giacinto, cuya muerte ha llorado junto a nosotros.

Casi las mismas palabras repite el marido, aunque más discreto. Y Sandra saca tres fotos más en las que se ve claramente cómo mete al pequeño Gianluca en la alberca, cómo lo sostiene dentro, y ya el cuerpo del niño flotando.

Mientras que al padre parece que le falta la respiración, la madre está impasible, su rostro parece el de una esfinge. Y Sandra, viéndola, lamenta en su interior la miseria humana y nada dice. Les hace unas preguntas más o menos protocolarias, que responde el marido como puede, y da por terminado el interrogatorio cuando uno de sus compañeros le dice al oído que ya tienen algo.

—Venga con nosotros, señora, por favor. Dejemos que su marido se reponga.

Van a la habitación, donde hay un elegante buró y dentro una cantidad considerable de billetes de cien, que ya han comprobado son de los falsos.

—¿Puede decirnos de dónde proceden esos billetes?

—Por supuesto que sí, mi hijo Giancarlo es un reputado traumatólogo y contribuye al sostenimiento de esta casa, porque también es su residencia de verano. Dándonos todos los meses lo que puede, unos más y otros menos.

¿Acaso está prohibido que un hijo ayude en la vejez a sus padres?

—Sí, señora, cuando lo hace con dinero falso.

Ahora, sí que se ha impactado, ha caído redonda al suelo, y Sandra la mira sin ninguna lástima.

—Llamad al servicio y que la atiendan, si es necesario que avisen a urgencias. Tiene cerca de ochenta años, pero ha soportado muy bien ver cómo ahogaban a su hijo, sin embargo, saber que eran falsos los billetes, no lo ha resistido. Es curioso.

El juez ha ordenado el arresto domiciliario. Ese mismo día, otro grupo, ha arrestado a Beppe Lucano y al tiempo a Giancarlo y la mujer que atendía al teléfono y cobraba las visitas separando los billetes falsos de los verdaderos. El interrogatorio exhaustivo al que han sido sometidos da como resultado la detención de todo el grupo de falsificadores.

El propio juez ha interrogado a Giancarlo por los billetes que tenía guardados Giacinto y ha sido quien le ha aclarado más las cosas. El caso está más o menos resuelto, y todos, a la espera de juicio, en la cárcel.

Cumpliendo su palabra, el juez ha llamado a Paola, que se presenta de inmediato muy alterada, por pensar que algo le ha ocurrido a Antonella.

—No, nada de eso, por lo que sé, está bien. Solo la he llamado para cumplir la promesa que le hice.

Ella resopla dejándose caer en el sillón y el juez se echa reír.

—Siento haberla asustado; en fin, procedo, memorice si quiere palabra por palabra, pero no grabe nada. Todo empezó con una historia tan simple como una relación amorosa o sexual entre un tal Beppe, amigo de la familia, y la mujer de Giancarlo, eso provocó en su día el homicidio del pequeño Gianluca. Tenía once años y nada tonto era a lo que parece. Avisó a su hermano, Giacinto, para que fuera con su cámara para hacer las fotos, se la habían regalado ese día por el cumpleaños. Hicieron unas cuantas escondidos, pero Gianluca, más atrevido o desvergonzado, salió y le pidió dinero a Beppe para no decir nada de lo que había visto. Él reaccionó ahogándolo, así de brutal y estúpido fue su comportamiento, ante la amante que algo pudo hacer para impedirlo y nada hizo, por lo que también está pendiente de juicio. Giacinto siguió escondido y haciendo fotos hasta agotar el carrete, probablemente descontrolado o paralizado por todo lo visto.

«Debió de guardar la máquina y luego sacó a su hermano del agua e intentó reanimarlo. No se atrevió a decir nada, pero pasado un tiempo lo hizo, se lo dijo a su madre, y esta a Giancarlo, quien le exigió una reparación al tal Beppe. En lugar de entregarlo a la justicia, lo extorsionó con las fotos que tenía su hermano y que él, como bien sabemos, ni siquiera había visto. A partir de ahí, simplemente, Beppe compró su silencio con los billetes falsos que ya había puesto en circulación; pero, por lo visto, no le bastaba con cambiar al menudeo y tuvo la genial idea de sustituir en el cajero los verdaderos por falsos. Le vino de perlas la colaboración de Giancarlo con su consulta. Y todos contentos gastando a lo grande, conociendo que eran falsos, salvo la madre que se enteró cuando se lo dijo Sandra.

—Giacinto, supongo que tampoco lo sabía.

—Sí, él era un problema, porque conservaba las fotos, su hermano intentó resolver el asunto dándole dinero, tal y como él lo recibía y seguramente con la esperanza de que le diera las fotos que él nunca le mencionó, lo hizo la madre. Tampoco sabemos el porqué Giacinto mantuvo la relación familiar; a pesar de alejarse de ellos, siguió con las visitas puntualmente.

«Este pobre hombre, un muchacho en aquel momento, debió de sufrir un auténtico choque emocional del que no supo salir hasta que conoció a Antonella, aunque bien poco lo hizo. Por más que hemos indagado, lo único que sabemos es que no hizo un amigo en su vida. Solo con ella se atrevió a vivir. Pero los remordimientos, seguro estoy, no le dejaban vivir y decidió acabar dejando los billetes ahí, que no sé si supo o no que eran falsos. Quiero creer que no. No siempre podemos aclarar todo, algunas cosas quedarán en la oscuridad y en el silencio. Tras el suicidio, Beppe dijo a Giancarlo que había que recuperar las fotos sí o sí, hasta el extremo de asaltar la *masseria,* con tan mala fortuna para los zafios que contrataron, que no las consiguieron y acabaron todos en la cárcel porque, por suerte, a veces los malos no ganan.

—Usaré ese título, oscuridad y silencio. ¿Puedo publicarlo? Y ya cuando el juicio, haré otro con lo que resulte al final.

—Puede si usa usted solo iniciales, el supuesto, el presunto; en fin, ya sabe, nada que la pueda poner en un aprieto y a mí menos. Puede decir de fuente bien informada, pero solo eso, porque lo que acaba de oír, no lo ha escuchado.

«Oiga, me ha dicho Sandra que su hermano y usted andan juntos, lo celebro, por lo menos algo bueno sacamos de esto. Tengo que decir que usted me cayó bien aquel día, pero no la conozco realmente, a Sandro lo conozco bien y se lo recomiendo; los Sandros, así los llamamos por aquí a él y a su hermana, son muy buenos profesionales, excelentes, pero aún mejores como personas.

Paola se ha levantado y alarga su mano.

—Ha sido un placer, señoría, a pesar de que solo he oído a alguien armando un poco de ruido. Le agradezco la recomendación. ¿Por qué no viene a la presentación?

—¡¿Qué presentación, ya van a casarse?!

Paola riendo.

—No tiene nada que ver, es en el laboratorio de Chiara, van a presentar un nuevo producto y hacen una pequeña fiesta. Los Sandros y yo vamos a ir. Venga con nosotros, seguro que será bien recibido.

—No le prometo nada, pero haré lo posible, me cae muy bien esa familia. Gracias.

Paola no ha dicho nada a su amiga de su encuentro con el juez. Lo que ha hecho ha sido mandarle directamente la revista para que sepa cómo ha quedado todo antes de ir a la fiesta de la presentación y que ese día pueda tener ya tranquilidad. Y lo ha hecho así, porque al enseñárselo a Sandro, este le dijo que nada le había dicho Sandra esperando hacerlo personalmente cuando fuera.

Antonella la ha llamado para darle las gracias.

—Bueno, ya más o menos lo tienes todo claro. Cómo estás.

—No me apetece hablar de esto por teléfono. Cuándo vienes.

—Como no voy sola, iremos el viernes, estaremos ahí para la cena. Ya le dije a tu madre que había invitado a su señoría y no lo hizo seguro, pero sí irá con nosotros. Así que seremos cuatro y podrás aclarar tus dudas con él directamente. Pero, Antonella trata de no pensar en ello. Oye, ¿qué te vas a poner?

—No pensaba ponerme nada especial, pero he hecho caso a mi madre y he aceptado que me regalase un vestido de la tienda de Grazia, es sencillo. Ella también se lo ha comprado allí, algo más estiloso que el mío.

—Pues mira tú, vamos a ir las dos regaladas, mi madre me trajo uno en su último viaje. Ya te dejo, tengo algo pendiente.

Para Paola no es nuevo asistir a una presentación del laboratorio, pero sí lo es para los Sandros y el juez Gallo. Al que anoche terminaron todos tuteando y llamándole Armando, porque así lo pidió, tras decirle Chiara que la tutease. La velada se prolongó hasta bien entrada la noche, y hoy no ha salido nadie a cabalgar. Quedaron en hacerlo mañana y nadie parece haber madrugado salvo Chiara y Armando que han nadado un poco y ahora están desayunando en el jardín.

—Dime Chiara, ¿hay algo que desees? Porque viendo esto, este buen vivir en este lugar maravilloso. Teniendo, además, el aliciente que seguro te supone el laboratorio, pienso que tu vida es perfecta, se ve en tu rostro, en esa serenidad que refleja.

—Puedes disfrutar de esto cuando quieras, la puerta estará abierta siempre para ti. Estás viudo como yo, y por ello te supongo consciente de que no puede ser la vida perfecta cuando has perdido a la persona que amabas; que no sé tú, pero yo sigo amando. Aunque no dependa mi vida de ese sentimiento ni del recuerdo.

—Sí, eso es bien cierto, hemos hecho por seguir viviendo y tratando de sentirnos bien; aunque sea, como lo es en mi caso, solo con el trabajo. Por eso puedo apreciar que tú lo tienes mejor que yo, aun así, ¿hay algo que desees?

—Sí, hay algo que deseo por encima de todo desde hace mucho y no he logrado hasta ahora. Ni pensaba que era posible, ya lo había apartado del pensamiento, porque desear algo que es inalcanzable, puede llevarte a no apreciar lo que sí tienes y puedes gozar. Ahora, sin querer ilusionarme, con todo lo ocurrido, he sentido renacer ese deseo loco. Se trata de mi hija, que quisiera quedarse aquí, sería para mí la felicidad completa.

—Ella trabaja o trabajaba como educadora, ¿es compatible vivir aquí con su profesión?

Chiara suspira.

—Se nota que estás acostumbrado a indagar.

—No, perdona...

Ella se echa a reír.

—Por favor, puedes preguntar lo que quieras, me siento a gusto hablando contigo y más de esto que con pocas personas puedo comentar. Mi hija tiene esa profesión porque lo decidió para alejarse de mí. Pero lo que realmente la haría sentir bien es trabajar y vivir aquí, es lo que siempre ha deseado; hasta que renunció a ello por mi culpa.

—Lo siento, no llego a comprender. Yo os veo muy parecidas, no solo en lo físico. Ella no tiene aún tu templaza, porque es más joven, cuando tenga tu edad será como tú. Y, bien, es poco lo que os conozco, pero me jacto, quizá en exceso, de conocer a las personas por su mirada o por gestos que a otros pueden pasar desapercibidos. No hay fricción entre tu hija y tú. Yo no la he percibido en ningún momento. ¿Has hablado con ella del tema?

—No, Armando, no quiero hacerlo. Quedarse aquí tiene que ser su decisión y yo no debo influir y menos ahora; que tienes razón, en estos momentos no hay ninguna fricción. Estamos en el momento más dulce de nuestra relación y no quiero perder eso. He logrado que estuviera aquí todo este tiempo por las circunstancias, tiene que volver al piso y poner orden, retirar lo que sea de Giacinto, lo ha mencionado varias veces y he conseguido retenerla, porque realmente no está aún bien. Hablar de más, plantear algo respecto a su futuro no lo haré, no quiero correr el riesgo de que se aleje otra vez de mí. Y siento dejar este tema que tanto me importa, y más a ti, pero debo irme. Vosotros podéis venir a la hora, yo tengo que estar allí mucho antes.

La presentación ha sido organizada como una auténtica fiesta, tras pasar un documental con todo el proceso necesario para gestar el nuevo producto. El director del laboratorio y hoy presidente de la sociedad, primo hermano de Chiara, pronuncia unas palabras.

—Han podido apreciar que disponemos de tecnología puntera y nos sometemos a más controles de calidad de los que exige la ley. Lo cual da la máxima garantía a nuestros productos. Todo eso es cierto, pero no es menos cierto, y lo digo con orgullo, que el primer y más importante paso del proceso para lograr este producto, no lo han visto, ni se ha mencionado por expresa decisión de la interesada.

«Posteriormente, y sin su consentimiento, hemos decidido que todos deben saber que el C5 nació como un ungüento, un sencillo ungüento, hecho de manera artesanal con las viejas pipetas y matraces de nuestro abuelo. Para aliviar el problema que tenía un pastor, y el resultado fue óptimo. Eso nos llevó al profundo estudio realizado que han podido apreciar en el vídeo.

«Querida Chiara, perdónanos por no respetar tu deseo, pero no podemos ocultar, que si hoy estamos aquí, con este nuevo producto, es gracias a ti. Ella es, como muchos saben, Chiara Bertolini, nuestra presidenta honoraria, miembro de la junta directiva y el alma que nos inspira en nuestra misión. Para ella pido un aplauso, por lo menos.

No solo aplausos, algunos vítores y un ¡Chiara, Chiara! Ha resonando durante un rato. Hasta que ella, ante los gestos del director llamándola se ha acercado y tras darle un cachete y un beso. Coge el micrófono que le está ofreciendo.

—Gracias, muchas gracias a todos. Esto es una encerrona que no esperaba, está claro que no puedo fiar en mis primos por muy bien que hagan su trabajo. Pero ya que tengo la oportunidad de hablar, diré algo que no atañe al laboratorio. Muchos de vosotros sabéis que mi casa, mi familia, el personal y yo misma, sufrimos un asalto perpetrado por gente armada. Las consecuencias, aun siendo desagradables, fueron mínimas para lo que pudo suceder.

«Quiero aprovechar este momento para dar las gracias, a la policía municipal, al personal de la finca que se entregó con denuedo para enfrentarse a esos miserables, en especial mi querido Francesco. Al equipo de la policia judicial y su jefe, el juez Gallo, por esclarecer todo. Y la he dejado para el final, pero es la principal, no solo por su labor, arrojo y valentía, más aún, por sus valores personales, su saber estar, su empatía y porque siento que la quiero como alguien muy cercana. Sandra Bianchi ya formas parte de nuestra familia por méritos propios.

«Y ahora, vayamos a brindar cada cual por lo que quiera, yo lo haré por todos aquellos que han trabajado duro para que el C5 sea hoy una realidad. Gracias a todos. Creo que lo mejor es salir al patio a escuchar a los músicos y pasar un buen rato entre amigos. Gracias a todos por asistir.

Sandra se ha emocionado, Antonella que está a su lado, pasa el brazo por sus hombros y la besa en la mejilla susurrando.

—Bienvenida a la familia, eso supone que tendrás que venir a vernos con cierta frecuencia.

No puede hablar, está reprimiendo el llanto. Como ya van saliendo todos del salón hacia fuera, donde es la fiesta. Se levantan y Davide se acerca sonriendo.

—Ahora eres de "los más", no puedes llorar por eso.

—No es por tristeza, es de alegría. Tú me entiendes, ¿verdad?

Se inclina, es algo más alto que ella, y le da un beso.

Con Chiara no han llegado a hablar, acaparada por representantes de los centros con los que colabora el laboratorio y el propio personal del centro.

Antonella ha hecho de anfitriona, presentándoles a sus tíos y a cualquiera que se acercaba. A pesar de todo lo que ha supuesto lo formal, han podido divertirse y hasta han bailado, incluido

Armando con Bianca y ahora con Antonella.

—¿Me creerás si te digo que hacía veinte años que no bailaba? Con Bianca ha sido suelto y aunque lo haga como un orangután, no era problema. Pero tú me has dado un susto al invitarme, temía pisarte.

—Si lo dices para que te diga que bailas muy bien, pierdes el tiempo, lo haces tan mal como yo. Nunca he tenido ritmo; mira a Paola, siempre ha sabido moverse, y Sandro lo hace de maravilla.

—¿Lo dejamos? Quiero charlar un poco contigo.

Se han alejado del centro que es donde aparcan los coches y hoy han habilitado para la fiesta. Linda con una zona con árboles y asientos, ahí se sientan.

—Supongo que es pronto para que te sientas bien, pero cuanto antes tomes las riendas de tu vida, antes olvidarás o por lo menos no lo tendrás presente. Sé que no has vuelto al piso y debes hacerlo; no me lo has pedido, pero quiero darte un consejo al respecto.

No vayas sola, y tira o regala a una ONG todo aquello que no te sirva, no guardes nada como recuerdo. Quizá te parezco excesivo o drástico, pero si no lo haces así, el recuerdo perdurará largo tiempo. Luego sal de allí y cierra la puerta sin mirar atrás. No vuelvas a vivir allí. ¿Lo harás?

—Sí, creo que lo haré así.

—Y luego qué harás.

Antonella levanta los hombros.

—No lo sé. Podría quedarme aquí, en la *masseria*, con mi madre.

—Me parece perfecto, es un lugar ideal para vivir, pero eres muy joven, necesitas estar activa, realizarte con algo que te guste hacer. ¿Qué te gustaría?

Sonríe con cierta tristeza.

—Lo que me gustaría, no sé si podré hacerlo.

—¿No vas a decírmelo? No te pregunto como juez, te pregunto como amigo; quizá abuso del buen trato que me dais, pero eso me ha dado pie a sentirme amigo.

—Oh, por favor, claro que lo eres. Es que tengo miedo, estoy muy bien con mi madre ahora y lo que me gustaría hacer es llevar la finca, trabajar hombro con hombro con Camillo, nuestro capataz, y Francesco, que es nuestra familia y está muy preparado. Aprender de ellos lo que no sé y tratar juntos de recuperar esa tierra que ahora está parada por agotada y necesita regenerarse. Eso es lo que me gustaría hacer, pero no sé si mi madre lo aceptaría. Ella manda, mi padre se lo dejó todo en usufructo, yo no puedo mover un pie en la finca si ella no lo autoriza, y no quiero enfrentarme a ella, ni quiero ni debo hacerlo.

Armando cabecea con los labios fruncidos.

—¿Me permites que hable con ella de este tema?

Antonella no llega a decir, con la boca entreabierta lo está mirando más que sorprendida.

—Me parece que puedo tantear un poco el terrero, tengo sintonía con ella; hablando en plata, me gusta mucho tu madre. No por ser tu madre, no, bueno sí, eh, quiero decir que me gusta, me gusta. ¡Diablos! Acabo de liarme.

Antonella suelta la risa, divertida.

—Sí, vale, ríete. Puedo justificar mi torpeza, llevo muchos años viudo y nunca, nunca me ha llamado la atención una mujer como me ha ocurrido con ella, y creo que fue al segundo de mirarla. Tú me caíste bien a la primera, antes incluso, pero solo era eso, ella, ella... No puedo explicarlo, los sentimientos son difíciles de explicar.

Antonella le aprieta el brazo.

—De acuerdo, habla con ella de lo que me gustaría hacer y de paso, dile eso, eso que no sabes explicar. Creo que no le eres indiferente, y mi madre no es de poco. Quiero decir..., bueno, creo que me has entendido. Confié en ti, juez Gallo. Te hice el favor de salir de mi piso cuando me lo pediste. Ahora confío en ti para poder quedarme aquí en mi tierra y con mi gente.

Armando la besa en la mejilla.

—Vamos a brindar por nuestro acuerdo.

Paola los ve llegar y se acerca, va muy achispada.

—De dónde venís vosotros, he estado dando vueltas sin encontraros, por fin os veo. Quiero bailar contigo, señoría, ¿me concedes el honor del próximo baile? No me digas que tienes el carné completo con esta que baila como los patos.

Ha hecho una reverencia que lleva a Antonella a sujetarla temiendo que caiga al suelo.

Armando ríe divertido y niega con el dedo.

—Lo siento, me duelen los pies porque soy un pato, además, tengo el carné lleno. Mira, ahí está Sandro, baila con él, es más, le cedo a él el honor que me has hecho.

También él le hace una reverencia y Paola ríe a carcajadas. Antonella le dice a Sandro que se ha apresurado a cogerla por la cintura.

—Llévala a casa, conforme está, si sigue aquí acabará vomitando. Ha debido de mezclar de todo, aguanta bien si no mezcla.

—De acuerdo, pero la casa estará cerrada, están todos aquí.

—No, está Leonora, le han quitado un diente y no quiere que la vean así. Entra por la cocina, ella le dará algo para que se le pase, la conoce bien.

Los dos se quedan riendo y Armando le ofrece el brazo y van dando un paseo. Han puesto algo de feria y juegos para los niños y se acercan. Hasta hay un par de carritos de helados y Antonella le hace un gesto y pide dos. Armando lo saborea.

—No sé cuánto tiempo hace que no como un helado así. Es una fiesta perfecta, incluso han tenido en cuenta a los niños, ¿lo hacen así con todos los productos que lanzan?

—Nunca hacen la fiesta solo por eso. En realidad, cada tres años se hace una fiesta de familia. Productos no se sacan con tanta frecuencia, pero si lo hay, hacen coincidir la presentación con la fiesta de familia.

Una niña tira del vestido de Antonella.

—Hola, dame.

—Hola, preciosa, ¿quieres helado? Vamos a pedir uno para ti, pero dónde está tu mamá.

Un hombre se acerca presuroso.

—Disculpa, lo siento mucho. Deja a la señora, Eva, suelta el vestido.

La niña no suelta el vestido y Antonella con su mejor sonrisa.

—No, por favor, vamos a por un cucurucho para ella. ¿Me das la mano?

No suelta el vestido, le da la otra mano, con lo cual se queda delante de ella y ella riendo le da el cucurucho a Armando y la coge al brazo, con lo cual suelta el vestido.

—Vamos a por el helado, de qué lo quieres. Ah, perdona, supongo que eres su padre, ¿puede comer cualquier helado o tiene alguna intolerancia?

El hombre niega con la cabeza, hace esfuerzo por responder y su voz suena ronca.

—Come de todo.

Antonella, más que extrañada por su actitud, sonríe a la niña que se ha cogido de su cuello.

—Dime, Eva, de qué lo quieres. Oh, mejor, vamos a verlos todos y tú me señalarás cuál prefieres.

Armando está observando que el hombre, quizá de cuarenta años bien cumplidos, de pelo rizado corto y entrecano con entradas, no pierde detalle de la ternura con que Antonella trata a la niña. Han llegado al carrito y no duda al señalar el de chocolate.

—¿Es el que más te gusta?

—Sí, chocolate, a tú también.

Ríe por lo graciosa que habla.

—Sí, a mí también.

Cuando le da el cucurucho, se lo lleva a la boca y con ella llena le da un beso a Antonella manchándole la cara. La niña ríe la mar de feliz y ella lo mismo y más cuando le lame el chocolate.

El padre que se había quedado parado, se acerca presuroso.

—Perdona, lo siento mucho, Eva eso no se hace.

—No la reprimas por eso, por favor, es un gesto cariñoso.

—Sí, es muy cariñosa. Tenemos que irnos. Da las gracias a la señora.

Ha alargado los brazos y ella le pasa a la niña.

—Gracias, gracias, chocolate, a tú también.

Le manda varios con la mano y Antonella hace lo mismo. Se van. Armando se acerca, le da su pañuelo para que se limpie la cara, y Antonella lo hace riendo.

—Gracias, espera, lo doblo hacia dentro o te manchará el pantalón.

Él le pasa el cucurucho.

—Estaba a punto de comérmelo. He visto algo poco corriente.

—¿Te refieres a la niña? Sí, tiene un síndrome de Down, pero puede ir de leve a grave tanto en rasgos como en inteligencia. Ella es un encanto y es inteligente. Ha señalado el de chocolate sin dudar un segundo. También lo ha demostrado dándome la mano sin soltar el vestido.

—Ha sido el padre el que me ha sorprendido, se ha emocionado y mucho al ver cómo la tratabas. No todo el mundo tiene un buen gesto con esos niños.

—No, por desgracia así es. Justo el día..., bueno, hace poco publiqué un artículo hablando de lo necesario que es integrarlos en las escuelas y en la sociedad en general. Si los niños los conocen desde pequeños, es fácil que los acepten como uno más. Cada cual somos diferentes, y los niños tienen la capacidad de aceptar esas diferencias mejor que los adultos que ya tenemos un montón de prejuicios. No siempre es posible, depende de la gravedad y de la salud. Un niño con ese problema no puede curarse, es para toda la vida, pero sí puede paliarse y mucho. Depende ante todo de la buena predisposición de la familia, a veces cuesta que los acepten en su propio entorno y que estén dispuestos tanto para cuidar de su salud como para procurar una educación adecuada. Si lo hacen, con ello se logra una mayor integración. Incluso su autonomía que no solo es posible en muchos casos, también es necesaria.

—¿Has estudiado a fondo el tema? ¿trabajabas con esos niños?

—Sí, pero no son los únicos que reciben educación especial, ni son los más problemáticos. Lo que ocurre es que a ellos se les ve y aunque puedan hacer muchas cosas como cualquier otra persona, no se les reconoce y hasta se les rechaza. No como antes, pero aún demasiado. Parece que la gente empieza a desfilar, ¿volvemos?

—Supongo que te gustaba lo que hacías con esos niños, trabajar la tierra no tiene mucho que ver con eso.

—Justo lo contrario, por lo menos de la manera que yo lo veo. En la finca tenemos gran parte del terreno para regenerar, eso es como educar a un niño diferente. Hay que cuidar y adaptar ese terreno a lo que pueda hacer, aunque al principio solo sea productivo para sí mismo. Con el tiempo, se logra que su producción sea beneficiosa. Tal cual cuando educas a un niño especial.

Armando sonríe y asiente.

6

Ya en casa ha logrado un aparte con Chiara para decirle que necesita hablar con ella, y ella lo invita a montar, pero él no ha montado nunca.

—Tendrás que aprender, aquí todos saben, incluso Sandra, y lo hace muy bien.

Cuando por la mañana baja, Bianca le dice que ya lo está esperando en la puerta. Y la sorpresa es mayúscula al verla sentada en una carreta y a Davide sujetando al caballo.

—Espero que te atrevas a montar en esto, era de mi suegro, yo la usaba cuando Antonella era pequeña. Gracias, Davide, ya no hay peligro de que se caiga.

—Nunca he sido un atleta, pero aún puedo subir a un carro, no soy tan viejo.

—No se trata de agilidad por más o menos edad, es porque el caballo puede moverse. Es una carreta muy sencilla, la mejoramos un poco al ponerle las ruedas con goma, ganó en estabilidad. Aunque no lo hicimos por eso, sino por lograr que Antonella se durmiera.

—No la imagino una niña engorrosa.

—No lo fue, pero sí inquieta en el sentido de andar y ver. La atraían todos los bichos, los pájaros, las hojas, absolutamente todo lo que veía. Y eso la excitaba y así no podía dormir. Ir en la carreta le daba sueño y no fueran pocas las veces que Bianca, con ella al brazo, y yo, salimos a dar la vuelta de la adormidera. La llamábamos así y era tal cual un narcótico.

—¿Gozaste? No solo con esos paseos, cuidando de ella, educándola. Es algo que me hubiera gustado, un hijo o una hija, alguien a quien cuidar y educar.

—Bianca, que la adora como si la hubiese parido, la compara a un higo chumbo, por las espinas que tiene por fuera y, sin embargo, es muy dulce. Y ella es así, o lo era hasta hace poco, más conmigo que con los demás. Pero los primeros años, lo que es realmente la infancia, disfruté de ella como jamás lo había hecho. No fue al colegio hasta los cinco años, pero ya sabía escribir, leer y hablaba inglés, no bien, pero se defendía.

«Yo no me ocupaba de levantarla y vestirla ni darle de comer, que en eso sí daba guerra porque era poco comedora. Todo eso lo hacía Bianca. Yo entonces aún iba al laboratorio todos los días por la mañana, a veces el día entero. El tiempo que pasaba con ella era el más feliz, solo mirándola. ¿Por qué no tuviste hijos?

—Mi mujer no podía, ya me casé sabiéndolo. Pensábamos adoptar, pero su salud fue a peor y ya no lo hicimos. Dejemos eso, sigamos hablando de Antonella, ayer paseando con ella por la feria...

Con todo detalle le habla del encuentro con la niña y su padre.

—No solo me sorprendió ver la emoción de ese hombre, también la ternura de tu hija para con la niña, y lo curioso es que ella relaciona la educación especial con el cuidado de la tierra. Me autorizó a tratar el tema contigo. Quiere estar aquí, es lo que más desea, pero tiene miedo a que surja algún problema contigo, y por eso no te dirá nada. Pienso que, por más importante que sea para ella lo que quiere hacer, que es salvar la tierra, tú lo eres más, y está dispuesta a renunciar, en tal de mantener la buena relación contigo. ¿Hemos llegado?

Chiara no responde, baja y sujeta el caballo a un olivo. Detrás, en lo que supone un tercer asiento, lleva una cesta con lo necesario para desayunar, una mesa y dos sillas plegables.

—¿Piensas quedarte en el carro? Puedes colaborar un poco, no me ofenderé por ello.

Armando baja riendo.

—Eres extraordinaria, te estaba admirando. ¿Te avergüenza llorar? Estaba temiendo que lo hicieras, pero no, has parado y has hecho lo que fuera para no mostrar tu debilidad como madre. Que tu hija te quiera así, te debilita porque te hace quererla más.

—¿Estás juzgando siempre?

—No, nada de eso, analizo los hechos. Chiara, ella quiere recuperar la tierra sin perderte a ti, y tú quieres recuperar a tu hija. Ambas cosas son compatibles. ¿Tú crees que surgirían problemas si ella emprendiera lo que desea?

—Hace años que yo lo hubiera hecho, porque fue un error mío el que provocó que se agotara la tierra. No he querido hacerlo, para que lo hiciera ella. Tengo varios libros que tratan del tema, más que leídos, guardados en un arcón y también todas las revistas en las que aparece un artículo de ella. He podido apreciar que el tema que más trata es la educación especial, el segundo, a muy poca distancia, la regeneración de la tierra; el tercero, con algo de distancia, la ecología, el cuarto a mucha distancia, es variado.

«He cometido errores a lo largo de mi vida, en todo, pero no cometeré el error de decirle qué tiene que hacer, ni cómo ni cuándo. En pequeñeces de lo cotidiano, sí, en cosas que no le afecten ni trasciendan, seguiré siendo la madre controladora que soy y he sido siempre. Porque sería chocante para ella que no lo hiciera, pero en nada más. Si quiere ocuparse de la finca, lo cual deseo fervientemente, será con total libertad y con todos los medios a su disposición.

«Has conocido a Francesco, por su valiente y eficaz intervención, pero nada sabes de él, salvo que es hijo de Bianca. Lo que voy a decirte, quiero que lo guardes como uno de esos sumarios secretos. Él no estaba decidido a estudiar, porque con vivir y trabajar en la finca no necesitaba más. Entre su madre y yo lo convencimos y yo dirigí sus pasos. Hizo diversos cursos, todos encaminados a que estuviera preparado para llevar la finca a su pleno rendimiento en cuanto al comercio, a cómo invertir y en el uso de técnicas regenerativas. De todo ello sabe mi hija, ha estudiado por su cuenta, pero quise que él estuviera bien preparado para trabajar a su lado. Francesco es hijo de mi marido.

Armando, que estaba llevándose la taza a los labios, se queda a mitad camino, mudo, sin saber qué decir. Chiara ríe suavemente.

—Bebe el café, se está enfriando. No hubo ninguna historia. Más bien un intercambio de favores. Yo tuve dos abortos antes de nacer mi hija y problemas cuando nació. Y descartamos tener más hijos. Mi querida Bianca, vivía entregada totalmente a nosotros. No solo ha sido la tata de mi hija, puede decirse que lo era de nosotros, tanto de mi marido como de mí misma. Ha vivido a nuestra sombra siempre y solo tenía un deseo, imposible de cumplir viviendo como vivía. Quería tener un hijo. Y un día se lo propuse y aceptó.

—No sé si puedo preguntar...

—Sí, puedes preguntarlo, supongo que piensas en una inseminación. No, fue natural. A Marco le pareció al principio inmoral, por el hecho de tener que hacerlo con ella y planteó la inseminación. La rechacé de plano, no quise para Bianca nada artificial. Si yo quería a Bianca, él no se quedaba atrás, y al final, le pareció justo.

«Las condiciones las puso ella, su hijo era de ella y de nadie más. En principio, las aceptamos, pero yo pensé que el niño tenía derecho a saber quién era el padre y, más aún, a saber que su madre no era ninguna descarriada. Así que decidimos que si algún día, Francesco preguntaba, se le diría.

—Y todo eso tal cual, supongo, como un acuerdo entre caballeros.

—Puede decirse así, aunque el acuerdo fue entre damas. Echamos mano de mi marido porque estaba ahí.

—¿Lo sabe el muchacho?

—Sí, hace ya unos ocho años que lo sabe. Me lo preguntó y se lo dije. Él lleva toda la contabilidad desde que acabó los estudios. Pero no solo hace eso, que puede hacerlo a ratos perdidos. Sustituye a Camillo cuando no está y supervisa todo lo que él le manda. A veces me acompaña cuando voy a ver a los pastores, queda lejos, y Bianca no quiere que vaya tan lejos sola. A menos que haga mal tiempo, vamos a caballo y hablamos mucho. He tenido siempre una relación especial con él, sigue viviendo en la casa y de pequeño hasta que fue al colegio le di clase como había hecho con mi hija. Toda esa convivencia ha creado un lazo entre los dos muy fuerte.

—Cómo le afectó.

—Me dio las gracias por explicárselo, porque había llegado a pensar mal. Él ya estaba convencido de que Marco era su padre, porque la verdad es que se le parece mucho a Marco cuando era joven. Pero claro, suponía que su madre había tenido un "lío" con él, y pensar eso de su madre le estaba volviendo loco. Así me lo dijo. Ya estaba saliendo de la adolescencia, y siempre ha sido más maduro de la edad, pero para ciertas cosas aún era muy joven, y no podía aceptar que su madre fuese la amante de mi marido. En cambio, le pareció bien la decisión que tomamos.

—¿Y acepta la situación tal cual?

—No solo la acepta, le parece perfecta, hasta el punto de que quiso ir al notario, hace unos tres años, y hacer expresa su renuncia a una posible legítima. Yo traté de disuadirlo, le expliqué que la vida podía dar muchas vueltas. Pensando más que nada en que cabía la posibilidad de que mi hija no se hiciera cargo y quizá tendría que ser él. Y así se lo dije claramente. Él dijo que estaba seguro de que Antonella volvería cuando fuese necesario.

«Todos saben que Francesco recibe un trato especial, pero por ser hijo de Bianca, y como a ella todo el mundo la trata de manera deferente, a él lo mismo. Nadie considera a Francesco como un empleado más. Como tampoco consideran a Davide, que lo adoptó Camillo, pero antes lo tuve yo en acogida.

—Y Antonella, en cuanto a Francesco me refiero.

—Para ella es como un hermano, lo ha visto crecer a su lado, él tiene ocho años menos, no llega. Para ella es uno más de la familia.

—La oscuridad y el silencio en la familia de Giacinto, ocultaban algo tremebundo. En cambio, en la vuestra, algo bueno. ¿Tiene algo en común con Antonella?

—Tiene mucho, lo más importante es su afán por la finca, por mantener la *masseria* y todo en su estado más genuino. Y es algo que ella bebió en gran parte de su padre, siendo una niña, y él de ella, también de niño. Luego, cada cual ha crecido diferente. No han estudiado en los mismos centros ni lo mismo. Al irse Antonella a vivir cerca de Roma, perdieron el contacto diario que tenían y al casarse, aún más. Como ocurre con muchos hermanos.

«Pero no lo han perdido del todo, ella no es de hablar mucho por teléfono y con él habla. Además, cuando viene, salen juntos a caballo para recorrer la finca, bien porque ella quiere ver algo o él quiere que lo vea. A pesar de esa íntima relación, Francesco ha guardado el secreto. En cambio, yo estoy decidida a decírselo a mi hija si se queda definitivamente aquí. Ese es el motivo por el que te lo he contado, quiero que me des tu opinión.

Armando se levanta, anda un poco arriba y abajo con las manos en la espalda. Vuelve a sentarse.

—Me preguntaba por qué me lo contabas. Ahora ya está claro, quieres usarme.

—No suena muy bien.

—No, pero eso es. Soy alguien a quien recurrir, como en su día recurriste a tu marido para cumplir el sueño de Bianca y quizá el tuyo propio de tener otro hijo. ¿Hay algo entre vosotras?

La expresión de Chiara es más que sorprendida.

—¿Cómo se te ha ocurrido eso? Me ves..., no sé qué puede haber pasado por tu mente.

—No ha pasado gran cosa, es una pregunta sencilla.

—Pues sencilla te doy la respuesta. No, ni física ni emocional ni platónico. He tenido algún encuentro en estos años, pero siempre con un caballero
—¿Y ella?
—Ella se enamoró de la vida que hacía, de cómo vivía. Aquí iba a la escuela en coche. En su casa, tenía que ir a pie, y si no quería ir nadie la obligaba. Tenía su propia habitación con baño y en su casa dormía compartiendo la habitación con sus padres. Y veía con horror, cuando su padre volvía con una copa de más, que era casi todos los días, lo que le tocaba hacer a su madre de rodillas frente a su padre, a menudo tras algún golpe... De eso yo no sabía nada, pero con el tiempo hemos hablado de todo y comprendí que eligiese vivir como vive.
«La conocía de verla andando hacia la escuela, yo usaba entonces una Vespa para ir al laboratorio, cuando la veía paraba y la llevaba a la escuela. Sabía de la precariedad en la que vivía, no porque lo dijese, estaba a la vista y me dolía. No sé, quizá echaba de

menos tener una hermana. Pensé que sus padres no se opondrían si les decía de traerla conmigo, como así fue, una boca menos.

«Yo aquí no conocía a nadie, quise tener cerca a alguien que conocía. Ella aceptó, a pesar de ser una niña, por huir de una realidad que no le gustaba. Pensaba que venía a trabajar a mi casa, cuando le dije que su trabajo de momento era ir a la escuela no podía creerlo. Preguntó qué haría después, le dije que sería la tata de mis hijos. Y tiempo tuvo de acabar la escuela y estudiar algo más hasta que llegó Antonella. Y Claro que nos queremos, mucho, nuestro afecto es profundo y muy sincero, pero lejos de esas historias que han existido siempre, y parece que ahora pongan empeño en exhibir.

Chiara está mirándolo y sonriendo casi divertida. Armando levanta las manos como disculpándose.

—Supongo que no te sorprenderás si te digo que me gustas, que algo está creciendo dentro de mí por ti. Y quizá eso me ha llevado a preguntar, no sé, soy a veces de flases, unas veces acierto y otras no. Voy a decirte lo que pienso en cuanto a Antonella. No debes, si alguien tiene o quiere decirlo es Francesco, pero tú no.

«Tu hija es sincera, pienso que tú también, pero acaba de pasar por un problema que arrastrará tiempo y la causa principal ha sido el silencio. Que tú ahora le digas que no has mentido, pero sí ocultado, lo considerará como una traición por tu parte. Anda, levanta y demos un paseo en tu carreta medieval. Y te digo una cosa, poco rato más estaré hoy en tu casa, pero volveré, y cuando lo haga, quiero saber qué sientes tú por mí, si es que sientes algo.

La semana comienza para Antonella sin nada que hacer y sin querer pensar. Aunque sale a cabalgar todos los días con su madre no ha tocado el tema de quedarse o no. Por otro lado, tiene pendiente de ir a recoger su piso, lo cual le pesa como una losa. No quiere pedir a Paola que acuda, pero, menos aún, se atreve a ir sola.

Es un mar de dudas y su ceño lo evidencia. Está en una hamaca, junto a la piscina, pero ni siquiera ha nadado. Bianca le acerca un vaso de limonada y se sienta a su lado.

—¿Qué tienes? Llevas una hora ahí sin darte un chapuzón. Bebe por lo menos y te hidratas un poco.

—No sé qué debo hacer. Hablé con Armando...

Le cuenta, tanto lo que él le dijo del piso como respecto a la tierra.

—No tengo idea si llegó a comentar con mamá algo, así que no sé nada. Tampoco me decido a ir al piso sola.

—Puedo ir contigo si quieres.

—No, de ninguna manera, a ti no te gusta ir tan lejos, además, bastante tienes con ocuparte de todo en casa. ¿Cuándo te vas a la playa?

—No lo he decidido aún, pero escucha. Lo del piso lo puedes resolver de inmediato y debes hacerlo. Que vaya Francesco contigo. Coge lo que quieras y el resto llamas a una agencia de esas que limpian y mandas que lo tiren todo lo que tú no quieras traerte.

Está pensativa un momento y niega con la cabeza.

—No me parece correcto, hacer desaparecer sus cosas como si él mismo fuese un trasto viejo. Y si mamá ve que traigo mis cosas, tendré que decirle que quiero estar aquí y no sé si puedo hacerlo.

Bianca se levanta con gesto impaciente.

—Antonella, él ya no es ni un trasto viejo, ni eso. Y todo lo que ha pasado podría haberlo evitado. En cuanto a tu madre, ya no eres una niña, toma tu propia decisión y enfréntate a las consecuencias, si es que las hay, puede que solo estén en tu cabeza. Armando me parece una excelente persona y sé que le cae muy bien a tu madre; no me lo ha dicho, pero ni falta que hace, la conozco. Pero que hayas recurrido a él para lo que debes hablar tú directamente con ella, es infantil. Ahora si quieres enfadarte conmigo hazlo, pero hasta la hora de comer. Es todo el tiempo que te permito que estés enfadada.

Ha conseguido que sonriera, pero sigue en su terco pensar.

—No voy a ir a vaciar el piso sin hablar con ella, esperaré esta semana y veremos qué pasa. Cuando tenga que ir, le diré a Francesco que me acompañe, será lo mejor. Tenerlo a mi lado me dará seguridad.

—Me parece bien, cariño, pero no estés sin hacer nada, coge un libro por lo menos. ¡Por Dios! No me gusta verte mano sobre mano.

Bianca no es ninguna correveidile, siempre ha sabido mantenerse al margen de los enfrentamientos entre madre e hija. Su papel ha sido de moderar sin llegar a descubrir lo que una decía a la otra. Pero en esta ocasión está decidida a intervenir y cuando Chiara vuelve y sube a su habitación, al cabo de un momento la sigue. Está duchándose y ella espera paciente, sentada en una butaca junto a la balconada, tras poner en orden lo que se ha quitado. Chiara aparece en albornoz, secándose el pelo con la toalla.

—¿Qué haces ahí?

—Tomo el fresco mientras te espero.
Mira a un lado y otro.

—¡Qué pesada eres! Ya lo has guardado todo. ¿llevas cigarrillos?

Se ha sentado enfrente tras mover una pequeña mesa que tiene un gran cenicero de cristal de Murano encima. Las dos encienden uno y Chiara sonríe.

—¿Te vas a la playa o qué pasa? No parece grave, no estarías tan relajada.

—Sin embargo, lo es y tú no deberías estar relajada porque tu hija no lo está.

Chiara cierra los ojos echando la cabeza hacia atrás, los abre, deja el cigarrillo y se levanta. Ha servido coñac en dos pequeñas copas y vuelve. Da un sorbo y una calada.

—Nunca me cuentas lo que te dice, pero tengo la sensación de que hoy lo vas a hacer.

—Depende de si su señoría Armando te dijo o no te dijo.

—¡Hay Dios, qué familia! Me dijo que le gustaba, qué te parece. No fue una declaración de amor en toda regla, pero algo parecido.

Bianca casi acaba con el contenido de su copa y Chiara ríe divertida.

—Sí, me dijo, claro que me dijo, y conociéndola puedes suponer que fue sincera hasta el dolor, como siempre. Mi vida daría, Bianca, mi vida por tenerla aquí y verla crecer de verdad haciendo lo que realmente ha querido siempre y disfrutando de la vida con un amor real, no eso que ha vivido los últimos años. Qué perdida de tiempo y qué horrible final. Nunca debió vivir con él y menos verlo después de muerto de la manera que lo vio. Su sitio está aquí, en su casa, en su tierra y con su gente.

—Y por qué no se lo dices, ella no se atreve. Ni siquiera a recoger lo que sea del piso y traerlo, por no darte a entender.

—Le hablé a Armando de Francesco, tranquila, no te alarmes. Le comenté, porque con todo lo ocurrido, pienso que Antonella debe saber que tiene un hermano, capaz de enfrentarse a quién sea por ella. Necesita saber que no está sola en el mundo. Y no digas que nos tiene a nosotras, eso ya lo sabe. Me aconsejó que no sea yo, que sea Francesco quien se lo diga y pienso que tiene razón. Pero si tiene que hacerlo él, no es el momento, habrá que esperar a que empiecen a trabajar juntos, a sentirse más cercanos. ¿Te parece mal?

—A estas alturas de mi vida, no, no me parece mal. Y tienes razón en cuanto a que es mejor esperar un poco, necesitan cabalgar y sudar muchas horas juntos. ¿Hablarás con ella? Hazlo, Chiara, por favor. Me duele verla como desnortada después de todo lo pasado. Necesita salir de eso. Dile claramente que lo que quiere es lo que tú quieres.

—Lo haré en cuanto encuentre el momento oportuno. Mañana tendremos invitados. Uno de los mejores investigadores del laboratorio. Un hombre singular, no es especialmente guapo, pero resulta atractivo y...

—¿Estás buscándole un novio?

Chiara ríe y se muerde el labio ligeramente.

—No, un novio no. Quiero un hombre de verdad que la haga estremecer de placer. Dudo mucho que ese pobre muchacho lo lograse alguna vez. Tiene una hija.

—¡Un divorciado! ¿¡No será viudo!? Ya lo que le faltaba, tener que consolar a otro. Por qué quieres que cargue con una niña de otra.

—Porque es la niña perfecta para ilusionarla, tiene síndrome de Down.

Bianca ha terminado su coñac y va a por la botella, pone en las dos copas, se sienta y enciende otro cigarrillo contemplando el gesto relajado de Chiara.

—Conseguiste que tu marido me hiciera un hijo, gracias a Dios, lo conseguiste. No he estado con otro hombre, pero podría haber estado, porque gracias a ti dejé atrás todos mis miedos. Para mi hijo no voy a decir que eres más que yo, igual o casi, y tú tienes en él el hijo que deseabas. No quería estudiar y estudió todo lo que quisiste sintiéndose el más feliz del mundo.

«Lograste que Camillo y su mujer adoptaran a Davide, sin insinuarlo siquiera, son felices con un hijo que no se atrevieron ni a soñar, y Davide, que es un alma bendita, tan feliz con esos padres caídos del cielo y sin saber ninguno de ellos que lo maquinaste en un entierro. Si ahora te has propuesto que ese hombre haga estremecer a tu hija, seguro que lo lograrás y brindo a cuenta por ello.

Levanta la copa y apura el contenido.

—Dime, por qué es singular ese hombre.

—Porque es soltero y ha adoptado a esa niña. Solo alguien muy singular, noble y de gran corazón haría algo así. Mi hija también es así, y sabes que no es pasión de madre lo que digo, tú piensas lo mismo. Claro que, también te sientes su madre, la vemos con los mismos ojos.

«A él lo conozco por el trabajo que hace y algo más. En realidad, ya fui yo quien le di el visto bueno al ver su currículum. Podría estar trabajando en otro sitio más importante, con más posibilidades de ascenso y, por tanto, con mayores ingresos. Solicitó el puesto, lo dijo expresamente, por darle a su hija más calidad de vida, pensando que vivir en un sitio pequeño la beneficiaría. Lleva apenas dos años, pero he hablado a menudo con él, y en más de una ocasión me ha venido a la mente que hubiera sido perfecto para mi hija. Te aseguro que tiene verdadera pasión por lo que hace y muy buena relación con los compañeros. Algo que también suma, porque podrá ocupar mi puesto, llegado el momento.

«Cuando habla de Eva, su niña, se le ilumina la mirada. Antonella la conoció el día de la fiesta, por casualidad, y tenías que haber oído a Armando cómo me contaba la emoción que vio en la mirada de Fabio al ver cómo trataba a su niña mi hija. Es una combinación perfecta, Bianca. Un hombre de verdad con una niña que ya la ha encandilado. Él hace un trabajo que le encanta y ella podrá hacer lo que siempre ha querido. Y entre los dos, cuidar y educar a esa criatura que será feliz viviendo rodeada de naturaleza y de gente que la querrá. También espero, cómo no, que tengan algún hijo. Pero si no es así, ya los tendrá Francesco. Vamos a ser abuelas Bianca, ya es hora; de momento empezamos con Eva, y esperemos que lleguen más. Brindemos por eso.

Antonella sabe que hay invitados hoy, no quienes son. Nada extraño, su madre siempre ha intentado tener una relación más personal con el personal del laboratorio. Y no con frecuencia, pero sí con cierta regularidad, organiza una comida o cena para invitar a algún empleado y su familia. Ha bajado y se asoma al comedor, Laura está terminando de poner la mesa.

—¿No es un poco pronto, Laura?

—Sí, pero es que Bianca está nerviosa.

—¿Nerviosa por qué?

—Porque el invitado viene con su hija y es una niña especial.

—¿Cómo de especial?

—Tiene el síndrome ese de Down.

Le viene de golpe Eva a la mente y pregunta.

—Qué edad tiene.

—Pequeña creo, no ha dicho los años, solo que es pequeña.

—Dile que venga, date prisa, por favor.

Bianca acude de inmediato.

—¿Qué te ocurre?

—¿Cuántos años tiene esa niña?

—No lo sé, es pequeña.

—Tiene que ser ella, no puede ser otra. Dónde está la trona, la niña necesita una trona.

—Lo siento, no he pensado en eso, la trona estará en el trastero de la bodega, no la ha usado nadie desde Francesco.

—Así que igual está apolillada, ¡necesitamos la trona! Vamos a ver cómo está.

Por suerte la trona está perfectamente envuelta y ella misma carga con ella. Retira todo el papel y Laura se apresura a limpiarla, aunque no está sucia. Ya puesta en la mesa, mira los cubiertos.

—Retira estos cubiertos, por favor, la niña necesita una cuchara mediana y un tenedor de postre, lo manejará mejor.

—Pero esos niños no son normales, no sabrá comer.

—Laura, los niños son niños, a unos les cuesta más aprender que a otros y todos son normales, cada cual con su diferencia. Nadie es igual a otro. Ah, mamá, he mandado poner la trona, supongo que la niña que viene es Eva, si es ella necesita la trona.

Chiara se hace la sorprendida.

—¿Conoces a Eva?

—Sí, la vi el día de la presentación, es un encanto.

—Fabio, su padre, me ha hablado mucho de ella, pero solo he visto su foto. Está doctorado en farmacología y botánica, pero más meritorio es que siendo soltero adoptó a la niña y la adora. No tardarán en llegar, gracias por pensar en la trona, cariño, no se me había ocurrido. Dios mío, cuántos años sin verla.

Chiara va a encender un cigarrillo.

—No fumes ahora, mamá, por favor. No es conveniente que la niña huela el humo.

—No es un gran sacrificio, puedo prescindir de ello. Y cómo fue que la vieras. ¿Fuiste a subir a los caballitos?

—Armando y yo nos acercamos paseando y pedimos un cucurucho, apenas empecé cuando...

Chiara escucha encandilada a su hija. Bianca las está observando y sonríe en sus adentros.

El coche ha aparcado cerca de la puerta y Fabio abre detrás para bajar a su hija que está riendo, y lo hace porque ha visto a Antonella, en cuanto su padre la deja en el suelo corre hacia ella, que la recibe en cuclillas.

—Hola, Eva, bonita, cómo estás. Parece que te acuerdas de mí.

Cogida de su cuello la besa repetidas veces. Chiara feliz viendo la escena y Fabio más que sorprendido.

—Pasa querido Fabio, acabo de enterarme de que mi hija ya os conoce. Y por lo visto, ya es amiga de Eva. Hola, Eva, ¿me das un beso a mí? Es una preciosidad. Pasad, por favor. Bueno, ¿os conocéis o no?

Responde Fabio.

—Nos vimos, pero no sabía que era tu hija, encantado.

—Lo mismo digo, tampoco yo sabía que trabajabas en el laboratorio. Había mucha gente de fuera.

Al ver la trona sonríe.

—¡Caramba!, esto sí que es una trona de verdad, siempre llevo una que se adapta a las mesas, pero nada parecida a esta. Es una maravilla.

—Fue de Antonella y de nuestro querido Francesco, el hijo de Bianca; aunque la veas atendiendo la mesa, es parte de la familia.

Fabio se ha levantado para saludarla.

—Cómo está usted.

—Bien gracias, encantada de conocerte y, por favor, nada de usted, aquí solemos tutearnos. Hola, ¿cómo te llamas tú?

—Eva, a tú.

—Tu nombre es muy bonito, yo me llamo Bianca.

—A tú Bianca, Bianca, Bianca.

—Ya, Eva, solo una vez.

—Una papá, una ¡Bianca!

—Eva, escucha. Yo me llamo Antonella, es muy largo, si quieres puedes llamarme Nella. ¿Quieres llamarme Nella?

Responde riendo.

—Una vez Bianca, una vez Nella, una vez Antonella. Una vez papá.

Antonella ha estado pendiente de la niña durante toda la comida y Fabio ha respirado tranquilo al aclararle Chiara el trabajo que hacía.

—¿No va a seguir con ese trabajo?

Chiara responde con toda naturalidad.

—Hay personas que pueden hacer lo que ella hacía, incluso las hay en el paro, pero pocas que puedan regenerar la tierra de la finca, y a eso se dedicará si no cambia de parecer. Espero que no, porque hace tiempo que lo estoy deseando. Antonella conoce bien el tema, no sé si sabes que tiene mucho en común con la educación especial...

Como si fuese una experta, Chiara informa a Fabio que mira con admiración a Antonella, y ella ríe casi tanto como Eva sorprendida al escuchar a su madre.

Cuando han salido a la parte de atrás, al ver la piscina, Eva, que se ha portado bien durante la comida. Comienza a dar saltos queriendo quitarse la ropa para bañarse y tirando de los pantalones a Fabio. Él, apurado, pide disculpas.

—Lo siento, disculpad. Ya, Eva para, no tenemos bañador, otro día nos bañaremos, hoy no podemos.

—Perdona, Fabio, puede bañarse sin nada o con la braguita.

—Sí, claro, pero yo tengo que entrar con ella y no lo he previsto.

—¿Me dejas que entre yo con ella?

—¿No te importa?

—Claro que no. Eva, escucha tesoro, voy a ponerme el bañador y nos bañaremos juntas. ¿Quieres bañarte conmigo?

—Hoy, hoy, hoy.

—Sí, ahora, me pongo el bañador enseguida. Espera.

Va a marcharse y la niña se coge de ella.

—Vale, ven conmigo.

Chiara coge del brazo a Fabio que iba a coger a la niña.

—Vamos a sentarnos, y tranquilo, Antonella lo hace encantada y yo estoy feliz viendo a mi hija reír con alegría. Hemos pasado un tiempo muy duro, ella la que más. Los hijos, querido Fabio, son la sal de la vida, pero también por lo que más sufres. Es bueno que le guste bañarse, facilitará su desarrollo, ¿tienes piscina en casa?

—No, vivimos en un adosado, rodeados de campo, pero en la zona de las viviendas, solo hay un pequeño jardín. A la piscina no vamos mucho, ella es muy sociable y no siempre es bien recibida por los otros niños y menos por sus madres. Tienen miedo a que les contagie. Los domingos nos acercamos a la playa y disfruta.

—La ignorancia puede ser muy cruel. Puedes venir cuando quieras aquí, no necesitas avisar, basta que llegues y aunque no estemos mi hija o yo, sin problemas, siempre hay alguien y la piscina vacía.

Mientras ha ido subiendo con ella en brazos, Eva le ha dado un sin fin de besos, al tiempo que iba mirando todo muy curiosa. Antonella comienza a desvestirse y la niña la imita. Ella muerta de la risa y deja de reír cuando ve a Eva mirarla con los ojos como platos.

—No soy como tu papá, ¿verdad?

No responde, se acerca, y ella no intenta cubrirse, deja que la explore. Mira entre sus piernas y luego sus manitas ascienden hacia sus pechos, pero no llega. Antonella se pone de rodillas. La niña con la boca abierta los toca.

—Son las tetas, tú también tienes, tesoro, pero son pequeñas. Cuando seas mayor, serán así.

La niña apoya su cabecita sobre su pecho y Antonella la abraza fuerte.

—Ya, Eva, tengo que ponerme el bañador, ¿me sueltas un poquito?

Con ella pegada se lo ha puesto y bajan, han entrado en la piscina llevándola al brazo y han estado un buen rato jugando en el agua. Cuando salen su padre la envuelve en la toalla y al momento duerme profundamente. Poco después se han ido sin llegar a despertarse.

Antonella ha subido a cambiarse y cuando baja se queda encogida en el sillón sentada sobre sus piernas con gesto meditabundo. Bianca les trae el café y pregunta con la mirada a Chiara que le cierra los ojos apretando los labios, dando a entender que está preocupada.

—Antonella, el café, te gusta caliente y se está enfriando. ¿Qué te pasa hija?

Dos lágrimas se deslizan por su rostro mientras intenta sonreír.

—Creo que he sido la primera mujer que ha visto desnuda, parecía muy sorprendida. Me ha mirado entre las piernas con la boquita abierta, asombrada, pero lo que le ha impactado más ha sido el pecho. Me he puesto de rodillas delante de ella y lo ha tocado mirándome seriecita, luego ha reclinado su cabecita y ha apoyado su manita. Yo la he abrazado fuerte, porque me he emocionado muchísimo, ha sido como algo tan nuevo como vivido. Son muchos años, mamá, pero ¿recuerdas si me tuviste así alguna vez? Quiero decir, sobre tu pecho desnudo.

Chiara que estaba temiendo alguna reacción negativa de su hija, por lo que ha dicho sobre quedarse y ocuparse de la finca. Respira aliviada y al tiempo también emocionada.

—Muchas veces, y sí son años, claro, pero eso no se olvida, tesoro. Es evidente que la niña siente inclinación hacia a ti y tú hacia ella. ¿Y qué te ha parecido su padre?

—La verdad es que evitaba mirarlo, es tremendamente atractivo y debe de ser muy sensible o se emociona por lo mucho que quiere a Eva. Me ha parecido que tenía los ojos húmedos varias veces.

—Sí, así ha sido. Me has asustado un poco al bajar como apesadumbrada. Por si lo que he dicho a Fabio, de que vas a trabajar en la finca, te había sentado mal.

—Cómo puede sentarme mal. Eso es lo que quiero mamá, si tú estás de acuerdo. Supongo que Armando habló contigo. Tiene algo que me hace hablar con él en confianza y creo que a él le pasa lo mismo, además, se atropelló como un adolescente al querer explicar lo que al parecer siente o empieza a sentir por ti. No sé si te parecerá mal, le dije que no te era indiferente. Entonces, ¿te parece bien que me quede y trate de recuperar la tierra?

—Ven aquí, por favor.

Antonella se sienta en su regazo, la ha recibido con los brazos abiertos y la reclina para besarla. Unas silenciosas lágrimas se deslizan por su rostro y su hija las recoge, mientras las dos se miran quizá como nunca se han mirado.

—No hay casualidades, todo lo pasado nos ha llevado a este momento que llevo tantos años añorando y deseando. Quise que Francesco se preparase para ayudarte, convencida de que un día volverías. Había perdido la esperanza y lo sucedido me la renovó. Te pido perdón si no he sabido hacerlo mejor antes.

—No tienes que pedirme perdón, mamá, por favor. No me dejaste que te lo pidiera yo.

—Por supuesto, ya te lo dije, tus errores son míos, yo debo ser tu norte, tu guía en la oscuridad, la voz que te responda en el silencio, quien te auxilie si caes, porque yo soy tu madre, tesoro. No lo olvides nunca. Ahora, por favor, levanta o no podré hacerlo yo después. Y dime qué estás pensando.

—Siempre sabes si estoy pensando algo o no. Sí, estoy pensando en lo que parece que es ser madre para ti. Yo nunca me lo he planteado. Es mucho, y más si el hijo o hija es diferente o peculiar. Me gustaría ser la madre de Eva, es lo que he sentido al abrazarla, por eso me he emocionado tanto.

«Quisiera darle todo lo que tú me has dado. No sé cómo es posible que la sienta dentro de mí sin apenas conocerla, una fuerza me impulsa hacia ella. Quizá esa fuerza me viene de más allá del cielo, últimamente parece que está pendiente de mí.

—Lo ha estado siempre, tesoro, pero andabas distraída. Esa fuerza es la de tu padre, no lo dudes, es él quien sigue pendiente de ti.

Epílogo

Hace un año de aquel día en el que Fabio Arnaldi fue a la *masseria* por primera vez con su hija Eva. Sus visitas fueron cada vez más frecuentes. Eva adoraba a Antonella y viceversa. Quien provocaba el acercamiento era la niña. Y quien lo fomentaba era Chiara con sus largas conversaciones con Fabio. Poco a poco las fue disminuyendo, ella se ausentaba por cualquier motivo y era con Antonella con quien él hablaba, con quien paseaba cuando Eva rendida por lo mucho que jugaba se dormía. Y un buen día fueron solos a ver la pequeña capilla.

Ella le dio amplia explicación de cómo, cuándo y por qué se edificó, y en medio de ello Fabio se acercó y cargado de emoción enmarcó su rostro entre sus manos sin llegar a rozarlo. Ella elevó las cejas. Su cuerpo no llegó a retroceder, más era evidente en la expresión y en su mirada que a duras penas contenía un impulso. Él bajó las manos y retrocedió un paso. Ella esbozó media sonrisa y relajó el gesto.

—Perdona, no pretendía asustarte y parece que lo he hecho.

—No me has asustado, más bien estoy sorprendida, no comprendo ese asalto a medias.

Él sonrió con cierta tristeza sin abrir la boca y asintió.

—Has empleado el término justo, asaltar, supongo que he sido muy torpe queriendo expresar lo que siento de esa manera. No puedo callar más tiempo, llevo días queriendo decírtelo y por las noches frenándome para no hacerlo. Estoy locamente enamorado de ti como si fuese un veinteañero. En otros tiempos, quizá en aquellos en los que se construyó esto, me habría dirigido a tu familia antes de pronunciarme ante ti. Pero estamos lejos de esa época en la que todo tenía otro ritmo, una cadencia más formal. Ahora hay que ir directo aun a riesgo de provocar el rechazo inmediato. Soy consciente de que tú puedes no sentir lo mismo y quiero hacer lo imposible para lograr un algo.

Ella, nada tensa, siguió mostrando sorpresa.

—Un algo, ¿qué significa?

—Lo imposible quizá, porque yo voy hacia el otoño de mi vida o ya casi estoy en él, mientras que tú, apenas has cruzado tu primavera. Son estaciones que nos separan, además de llevar un equipaje, para mí maravilloso, pero que puede no serlo tanto para ti. No es lo mismo visitar que convivir. Aun así, estoy decidido a intentar lograr que llegues a sentir por mí lo suficiente o lo necesario para que aceptes casarte conmigo. Puede que sea muy precipitado que te pida en matrimonio, así se comportaría un veinteañero y lo que siento me lleva a ello. Como ya no lo soy, tampoco puedo ni debo perder el tiempo en incertidumbres. Por eso te hago la pregunta, en este lugar sagrado, ¿quieres casarte conmigo? Puede que consideres mi propuesta fuera de lugar o momento, en todo caso, no pretendo ofenderte o molestarte, nada más lejos de mí.

Ella suspiró y sonrió.

—No, no me ofendes ni me molestas; en realidad, sigues sorprendiéndome por cómo me lo has dicho y, más aún, por lo mucho que has tardado.

Ella ya no frenó su impulso y lo besó.

Hoy es la boda y la *masseria*, toda ella, y todos los que en ella viven y trabajan o solo trabajan o pasan por allí de cuando en cuando. Además de todos los que trabajan en el laboratorio, a los que hay que añadir conocidos, amigos o vecinos. Están invitados.

En el jardín y parte del olivar, hay dispuestas varias carpas para la recepción. Y la pequeña iglesia está engalanada para la ocasión, así como la vieja carreta en la que irá la novia de la casa a la iglesia y después de allí a las carpas. No ha querido un carruaje como su madre había pensado, han discutido, pero no se han enfadado, porque hace tiempo que son capaces de hacerlo así. Y claro que la novia viste de blanco, no tan tradicional como muchas, su amiga Grazia lo ha confeccionado, así como otro para la pequeña Eva, que no sabe a qué viene el jaleo, pero está encantada entre tanta gente que se deja besar sin rechazarla.

Paola ya ha bebido dos copas de un San Marzano Brut, contemplando a su amiga a la que Grazia ayudada por Bianca ha vestido.

—Paola no bebas más es muy pronto.

—Tengo que hacerlo para tragar que mi madre ha cambiado de novio, abajo está, es su masajista. ¿Te lo puedes creer? Tú vuelves a casarte y yo, estoy bien con Marco, pero nada dice de boda.

Grazia responde.

—No te quejes, lo mío es peor, mi único novio es el trabajo. No es por presumir, pero te queda perfecto, estás guapísima.

—Y a mí por qué no me dices que estoy guapísima, también lo has hecho tú. Ten amigas para esto. Oye, quién es el padrino, no lo has dicho.

—Todos mis tíos querían serlo, hasta pensaron en echarlo a suertes y mi madre conforme, como si fuese yo una muñeca de feria. Yo ya lo tenía decidido, ha sido lo único, y estaba dispuesta a suspender la boda si ella no accedía. Es Francesco y lo aceptó encantada, pero como siempre tiene que decir la última, se empeñó en vestirlo con chaqué y lo mismo a Fabio. Así que los dos irán de chaqué les guste o no, porque son incapaces de decirle que no a nada. Al final, se ha salido con la suya en todo, cómo siempre.

Todas ríen y Bianca dice

—No te quejes, cariño, esta es la boda que mereces, que merecemos todos, y ella más que nadie. Ah, ahí llega con nuestra princesita.

Chiara acaba de entrar con Eva y la niña se tapa la boca con las dos manos. Antonella se lo ha enseñado para que no grite, cosa que hacía cuando algo le gustaba mucho.

—¿Te gusta mi vestido Eva?

—Sí, sí, sí mamá, yo tengo.

Lo ha dicho levantando la falda del suyo. Hace semanas que la llama mamá y Antonella aún se emociona cuando la oye. Se pone en cuclillas para besarla y la niña se le coge al cuello y la llena de besos.

—Tu vestido es muy bonito, mi amor, me gusta mucho, estás muy guapa. ¿Te ha visto papá?

—No, papá no viene, papá trabaja.

—Vendrá y verá lo bonita que estás. Bueno, mamá, ¿no dices nada?

Chiara le coge la copa a Paola y bebe un poco, carraspea.

—Estás divina, tesoro, divina. Grazia retócale el maquillaje, por favor. Paola baja conmigo y ocúpate de los Sandros, por lo menos. Eva, cielo, vamos a ver si Davide tiene la carreta preparada, tienes que ir con mamá. Y tú, Grazia, si has terminado, baja también.

Ha vuelto a coger a la niña de la mano y se ha ido con Paola detrás. Grazia, que ha hecho un saludo militar, tras un ligero toque al rosto de Antonella sale corriendo haciendo gestos.

Antonella, más que triste, mira a Bianca.

—¿Qué te parece? Mandando a todo el mundo incluso a la niña, y sin acercarse a darme un mínimo beso. Nunca terminaré de entenderla.

—No, está claro que no la entiendes. Ha bebido porque la emoción la ahogaba y no se ha acercado por no descontrolarse, y menos después de estar una hora restaurándose. Cariño, hoy es un día muy especial para ella, tanto o más que para ti. Hoy se casa su hija de verdad, con la boda como ha soñado siempre que fuese y con un hombre que considera perfecto para ti. Deja que te abrace yo ahora en su nombre y en el mío, a fin de cuentas, me concedió el privilegio de compartir su maternidad antes de que nacieras.

Francesco carraspea, estaba esperando en la antecámara, entra con un sencillo ramo de retama. Él dijo que le regalaría el ramo, y eso es lo que ha traído. Lo deja y la mira sonriendo, emocionado. Ella, al verlo con el chaqué, hace el mismo gesto que Eva, cu-

briéndose la boca, luego, con una es-
pléndida sonrisa abre los brazos. Se
funden en un abrazo, él se separa cogiéndola de las manos y contemplándola, pero nada dice. Aún parece que no
pueda hablar, la suelta, y de pronto,
como de carrerilla.

—Nunca te he visto tan guapa. Mi re-
galo, aparte del ramo, es decirte un secreto.

Se tapa la boca como ella ha hecho.

—Oh, por favor, vamos, dilo de una
vez.

—Pues, nada, eso, que soy tu hermano, somos hijos del mismo padre y, no
lo sé, pero creo que ya lo sabes.

Lo ha soltado de tirón y se queda esperando que ella diga algo y lo que
hace es echarse a reír, sorprendiéndo-
lo. Se acerca, le coge la cara, mirándolo con infinita ternura y le da dos besos.

—Qué bobo eres, ¿por eso estás nervioso? Sí, hace mucho que lo sé, me lo
dijo papá, desde más allá del cielo.
Aunque no me hacía falta, montas y
andas igual que él, hasta te rascas la

cabeza como él. Pero él me lo dijo, sí, de verdad, tengo una foto tuya, de cuando empezaste a afeitarte, puesta al lado de la suya, cuando él tenía la misma edad y sois iguales, hasta con camisa blanca los dos.

«Pensé decirte, pero recordé que tú habías visto esa foto muchas, muchas veces, te encantaba ver el álbum y siempre pasabas rato contemplándola. Con lo observador que eres, era imposible que no te hubieras dado cuenta de lo mucho que te pareces a él. Esperaba que un día me lo dijeras tú.

«Gracias, cariño, por decírmelo hoy, has hecho que el día sea más perfecto, y gracias por la retama, resistiremos como ella y haremos florecer con fuerza nuestra tierra, nuestra, querido Francesco, de los dos.

Bianca había salido a la terraza para dejarlos solos, aunque ha oído todo. Antonella la llama. Entra tratando de controlar el llanto. Y Antonella, fingiendo seriedad.

—Supongo, Bianca, que, como siempre, mi madre estaba al tanto, ¿no?

—Antonella, yo nunca hubiera podido...

Le tapa la boca con la mano, cambiando el gesto por completo.

—No hablo de atrás, me refiero a hoy, a esa manera de sacar a todas de la habitación, menos a ti. Está claro, sabía lo que iba a decirme Francesco. Sois increíbles las dos. Ella hace de mala y tú de buena, pero la verdad es que sois un par de brujas y no debería, pero os adoro, así que deja de llorar, ya te he visto llorar muchas veces. Ella es la que debería llorar hoy y no lo hará, pero yo tampoco pienso hacerlo.

Bianca la abraza y Francesco se echa a reír, ya relajado.

—Vamos, hermanita, cógete de mi brazo para bajar, y te apuesto algo que cuando nos vea tan guapos a los dos, la otra bruja, que es la más bruja, no podrá contener las lágrimas.

Y ha tenido razón Francesco, al pie de la escalera está Chiara esperando, y por más esfuerzos que ha hecho, la emoción la ha vencido. Ahora sí abraza a su hija, sin importarle que estropee su maquillaje. También a Francesco, y nadie entiende muy bien que se muestre tan efusiva con él.

—Gracias, mamá, gracias, por todo, absolutamente por todo. Di a Grazia que te retoque un poco, aunque no lo necesitas, para mí estás guapísima.

La ceremonia ha sido sencilla, pero la fiesta ha durado hasta la madrugada, nadie parecía tener prisa por marcharse. Los novios han sido los primeros, tras dejar a Eva durmiendo al cuidado de Bianca que ya es su tata oficialmente. Han emprendido viaje, el que Chiara les ha organizado, el mismo que hizo ella con su marido, un crucero privado por la costa Adriática italiana. Son tantas las maravillas para ver, que no necesitan ir más lejos.

Los Sandros, Paola y Armando, que es ya más que un amigo de la familia para Chiara, se quedan unos días en la *masseria*, para disfrutar del placer de vivir en una tierra que es un paraíso al que solo le falta un poco de mar y, por suerte, muy cerca lo tiene.

Victoria Roch

(La Pobla de Vallbona, Valencia,1953)

Es autora de las siguiente novelas

que puedes encontrar en Amazon

Alexandra Rey de Suecia

Tango

La Casa Maldita

Jubilada

Locura del Vivir

Liliana y Da Vinci

Cuéntamelo

Conversando

Sin Nombre